おはらい箱の
天才付与術師は、
辺境で
悠々自適に暮らしたい
～工房を開いて自由に生きたいのに、なぜか頼られてます～
水無月
ill.布施龍太

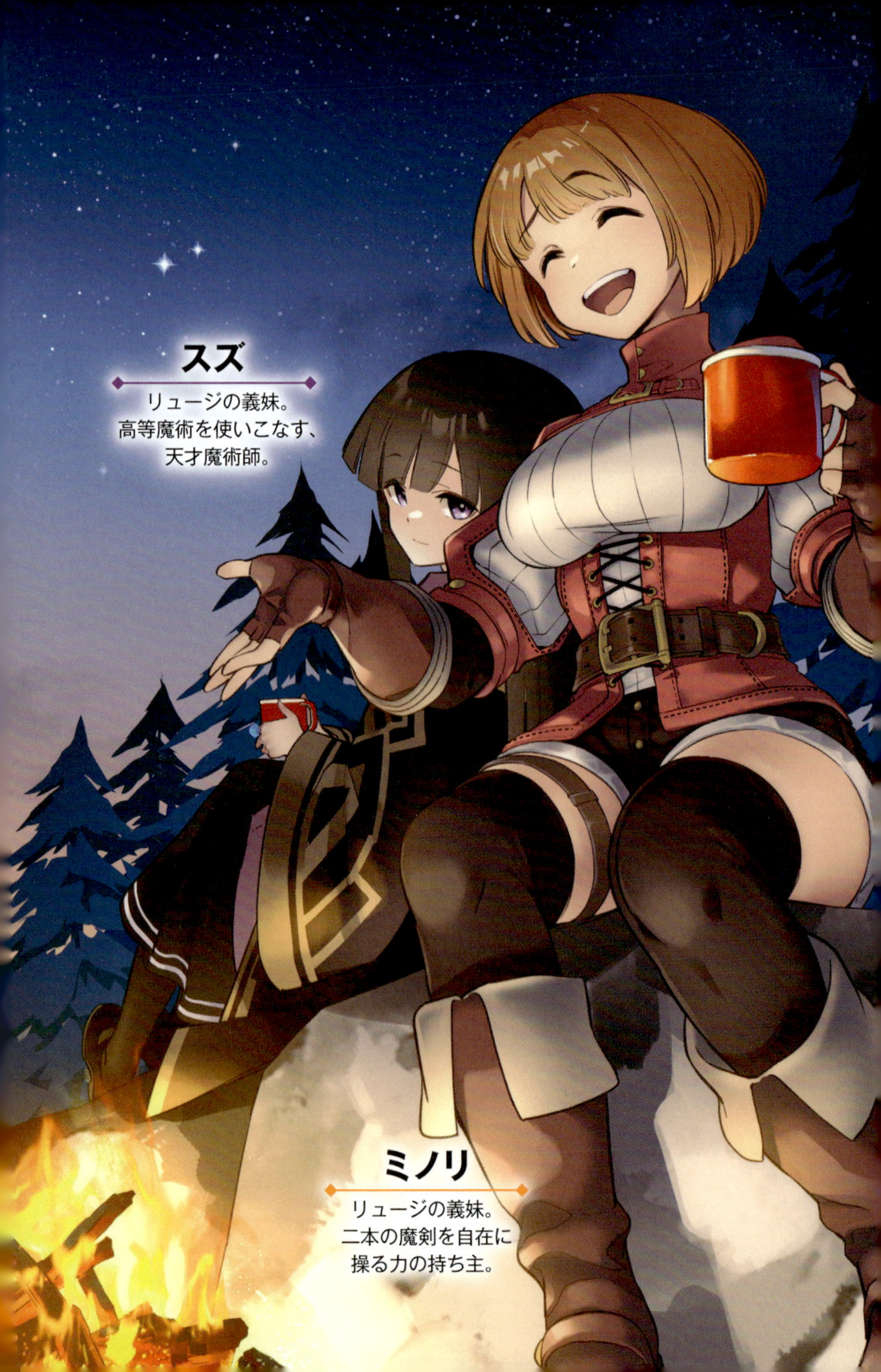
スズ
リュージの義妹。
高等魔術を使いこなす、
天才魔術師。
ミノリ
リュージの義妹。
二本の魔剣を自在に
操る力の持ち主。

リュージ
付与術師。
追放を機に辺境で
新生活を始めることに。
レーネ
エルフの少女で、
リュージの相棒。
優秀な錬金術師。

「ごきげんよう。お待ちしておりました、
お二人とも」
ツェツィーリエ
バイシュタイン王国の
第一王女。
お淑やかだが、
好奇心旺盛な一面も。

おはらい箱の天才付与術師は、辺境で悠々自適に暮らしたい

～工房を開いて自由に生きたいのに、なぜか頼られてます～

水無月　ill.布施龍太

"The genius enchantment conjurer of the banishment box wants to live comfortably in the frontier.

目次

第一章　付与術師と錬金術師の憂鬱

「なあ、お前ふざけてるのか？　リュージ」

　今日は休暇とすることに決めたというのに、いきなり宿まで呼び出されて投げつけられた言葉がコレだ。まったく、毎度のことながら主語も無ければ要領も得ない。この男は相手に意図を汲《く》み取ってもらおうとか考えないものだろうか？

　俺は溜息を吐《つ》きながら、目の前でふんぞり返っている〈ベルセルク〉のリーダー、重戦士のガイを睨《ね》め付けた。偉そうに自分を睥睨《へいげい》している輩《やから》に遠慮などする必要も無いからな。

「何のことか、と聞き返せばお前は怒り狂うだろうから、優しい俺は何のことか推測してやる。いつも通り、俺が魔石の生産ばかりしていることについて文句を言っているつもりなのか？」

　皮肉を籠めた俺の言葉にガイの眉がぴくりと動いたが、どうやら激高することはなく、ふぅ、と大きく息を吐いて落ち着いたようだ。妙だな、いつもなら殴りかかってくるというのに。まあ拳が当たった試しは無いが。

「ああ、そうだ。お陰で俺たちは四人で依頼をこなさなけりゃならねぇ。かと言ってお前を入れても、俺たちのように動けはしねぇんだがよ」

「そりゃそうだ、俺は付与術師だからな。ミノリやスズみたいな動きを期待されても困る。だからお前は俺に魔石の生産を優先させてるんだろうが」

お優しいことに、ガイは野伏のショーンや剣士のミノリ、魔術師のスズら天性の才能を持つメンバーと同じような働きを俺に求めていないようだ。だったら何故文句を垂れているのか分からないが。

「なんだ？　俺に責任転嫁か？　戦闘ではお前が役立たずだから魔石の生産を優先させていたんだろうが。第一に――」

ガイはそこまで言って言葉を切り、俺の右手首へ指を差す。そこには冒険者としての身分を示す腕輪が嵌《は》められている。

「俺たちは第二等、お前は第三等。この意味が分かるか？」

「……俺が依頼へ参加できず貢献もできていないから、第三等のままなんだろ？　俺に魔石の生産を優先させたのはお前だろ？　頭は大丈夫か？」

俺は支離滅裂なガイの戯言に呆れることしかできず、諸手を広げて「意味分からん」と態度で示した。

冒険者等級。冒険者ギルドにどれだけ貢献したかでこの等級が決まる制度だ。高いほど依頼遂行への信頼度が増すという判断基準になる、第九等から第一等、そして特等まで存在する。

そして、俺よりも依頼を多く受けているガイ、ショーン、ミノリ、スズが上の等級に居ることは自明の理なのだ。

俺の返した答えにいい加減我慢ならなかったらしく、激高したガイは目の前のテーブルを掌《てのひら》で思いきりバンと叩いた。大きな音は宿の迷惑になるからやめてほしいものだが。

「ごちゃごちゃ言ってんじゃねえよ！　お前がいつまで経っても第三等だから、第二等のパーティーとして認められずに俺たちも第一等へ上がれねぇんだろうが！」

「だから、さっきから言ってるだろう？　お前が、魔石の、生産を、優先させたんだよ。だから、依頼に、参加できず、等級も上がらないんだ、分かったか？」

俺は子供にも分かるように理屈を噛《か》み砕いてやったのだが、ガイは怒りに震えたままだ。残念だ、これ以上理解され易い方法が思いつかない。

そもそも魔石というのは、俺たち付与術師専門の奥義により〈無の魔石〉へ力を与えたものであり、依頼に貢献したと判断されていないのがおかしいのだ。コイツは当たり前に俺に魔石を作らせて利用しているが、効果が高いものを作るには工房が無ければ効率が悪いし、第一に魔石のようなマジックアイテムは大量生産できるものでもない。

「文句があるなら、依頼達成時に付与術の効果もきっちり報告書に書け。それか俺も依頼に参加させろ、そしたら――」

「……もういい」

いきなり静かになったガイに不気味なものを覚え、怪訝《けげん》に思いその表情を見ると、何やら下卑《げび》た笑みを浮かべていた。

「お前は今日限りでパーティーを辞めろ。ちまちまと道具作りしかできないヤツは要らねぇ」

「はぁ？」

何を言っているんだコイツは。第一、俺、ミノリ、スズの三人でパーティーを組んでいたところを無理矢理取り込んだのはこの男なのだが。

……そうか。

「お前、元からこのつもりでショーンに指示を出して、ミノリとスズを出張依頼へと連れ出させたな？　道理で、依頼の遂行に貪欲なリーダーのお前がついていかなかったワケだ。二人の居ない時に俺を追放するつもりだったのか」

ショーンはこの男に忠実な僕《しもべ》みたいなものだ。今頃ヤツが義妹のミノリたちを足止めしているんだろう。

「あぁ？　推測で人を非難するなってのはいつもお前が言ってることだろ、リュージ」

クックック、と含み笑いをするガイに、俺は侮蔑の視線を投げつけた。……悪知恵を働かせる時だけは頭が回るようだ。

だが、そっちがそのつもりなら、もういいだろう。

「分かった。だったら遠慮無く抜けさせてもらう。……だが、お前に貸していた魔石はすべて返してもらうからな」

「あぁ？　何言ってんだ？　魔石はパーティーの共有物じゃねぇか」

ガイは本当に分かっていないのか、眉を顰《ひそ》めている。どうも何かを勘違いしているようだな、この男は。俺が魔石を譲ってやったことなど一度たりともないのだが。

「毎回、魔石をお前に渡す際に念書を書いてもらってはいるが、まさか読み流していたのか？この通り、譲渡ではなく貸与するとあるだろ。出るとこ出てもいいんだぞ？」

マジックバッグから取り出した念書の束を近付け見せてやると、初めて知ったらしいガイはそっぽを向いて舌打ちした。出るとこ、というのは商工ギルドを通して裁判を行うという意味である。裁判に負ければ冒険者としての降格も有り得るのだ。

さすがにそのリスクは負いたくないのか、ガイはマジックバッグに手を突っ込んで乱暴に魔石を取り出し、テーブルの上にばら蒔いた。おいおい、借り物なんだから大事に扱えよ。

「……〈昇華《しょうか》の魔石〉が足りないな。お前、付与術師を軽んじている癖に、魔石に頼るつもりか？」

「うるっせぇ！　これでいいんだろ！」

ガイは追加で取り出した〈昇華の魔石〉を俺に向かって投げつけた。痛いな、何しやがる。

しかしこれで貸し与えた魔石はすべて返してもらった。後は義妹たちが気掛かりだが、素直に抜けさせてはもらえないだろうし、上手くやるとするか。

「じゃあな、ガイ。ミノリとスズによろしくな」

念書の束をテーブルに放ってからそう言い残し、俺はガイの部屋を出て行ったのだった。

冒険者ギルドに併設されている酒場スペースで、俺はぼうっとこれからのことを考えていた。

「さて、どうしたものか……」

パーティーを追放されてしまった以上、この街には居づらい。いっそのことどこか新天地へ向かうとするか？　そこで店でもやった方が生活していく上では楽だが――

「先立つものはあるにはあるが、商売の基礎を学ぶべきか。さすがにそこまでは『先生』は教えてくれなかったしな……」

俺、ミノリ、スズの三人を拾って三年間生きる術を教えてくれた『先生』は、六年前にどこかへ旅立ってしまった。多くを学んだものの、商人としての基本はプログラムに無かった。

「まあ、考えていても仕方ない。まずは伝手《つて》を作るところからだな。そうと決まれば……ん？」

「だからさぁ、アタシはもうアンタとは組まないって言ってるの」

「そ、そんな！　どうして⁉」

俺はさっそく行動を起こすため立ち上がりかけたところ、二つ隣のテーブルを挟んで座る女性同士の会話が気になり、再び腰を落とした。

アレは確か……〈アンジェラ〉とかいう二人組のパーティーだったか？　ヤスリを手に爪を手入れしている、紫色の髪を腰まで流す高慢な方が第二等冒険者の神官、もう一人のテーブルに両手を突いている、ウェーブの掛かった萌葱《もえぎ》色のミディアムロングの髪を持つエルフが第三等冒険者の錬金術師、だったはず。名前は――

「だってさぁレーネ、アタシとアンタじゃ正直第二等の依頼受けるのは厳しいのよ。アンタって基本は薬作ってるじゃない？　その間アタシ、一人で依頼やらなきゃいけないでしょ？」

「それは……だって……、マリエと二人でお仕事へ行く時には、私、お薬とか持ってないと役に立たないし……」

痛いところを突かれて言い返すことができないのか、レーネというエルフの声が窄《すぼ》んでいく。

……どうやら、彼女も俺と同じく追放の憂き目に遭うらしい。なんだよ、流行《はや》ってるのか？

「そう！　そこなのよ！」

マリエは何故か嬉しそうな表情でヤスリを置いてから、パン、と手を叩き、そして対照的に泣きそうになっているレーネへ顔を近づけた。

「アンタ、やっと自分が役立たずって気付いたのね？」

声こそ聞こえなかったものの、悪意に満ちた顔のマリエがレーネの耳元でそう囁いたのは口の動きで分かった。レーネの方はというと、ショックで目を見開いている。

「だってさぁ、アンタが力不足なのを補って薬を使って、その材料費でお金が掛かってたらアタシたちの儲けが無くなるじゃない？　馬鹿馬鹿しいのよ、ホントに」

「じゃ……じゃあ、マリエは、これから、どうするの？　私は攻撃用のお薬だって作れるんだよ？」

それで話は終わり、とばかりに立ち上がったマリエに縋《すが》るレーネ。神官なのだから一人ではやっていけないだろう、と暗に止めようとしているのだ。

だが、現実は厳しい。マリエはにんまりと笑みを浮かべたかと思うと、そのままレーネに背を向け、ひらひらと手を振ってみせた。

「アタシはもう、〈ベルセルク〉に入ることが決まってるの。だからアンタは邪魔。じゃあね」

「…………」

……そうか、だいたい話は飲み込めてきたぞ。

見ての通り金に汚いマリエのことだ。神官の居ない〈ベルセルク〉に入るよう彼女にガイが打診したが、マリエは二人パーティーから六人パーティーへと移籍するために取り分が少なくなることに難色を示した。そこでガイは、ちょうどヤツにとって邪魔な俺を追放して一人分の分け前を確保したというカラクリか。しかし俺が抜けると冒険とは別に店へ卸していた魔石販売分の金が入ってこないんだが、それについて理解していないのか、アイツらは。

あまりにも自分勝手な言い分に絶句してしまったレーネは、それ以上マリエにかける言葉が見つからなかったようで、肩を落とし項垂《うなだ》れてしまったのだった。

「……ここ、相席いいか？」

マリエが冒険者ギルドを出て行ったところを見届けて、すぐに俺はジョッキを手に立ち上がり、テーブルに涙の雨を降らせているエルフに向けてそう声を掛けた。

「……え？　あ、貴方は、〈ベルセルク〉の――」

俺の顔を見上げながらそう言いかけたところで、レーネの俺に対する視線が一気に険しくなった。まあ、相方を奪っていったギルドのメンバーだ。そんな表情にもなろう。

でも、俺はあいにく既にそのギルドとは縁を切られている。

「残念ながら、俺はついさっき〈ベルセルク〉から追放された身だ。レーネさんと似たような理由で。だからそんな顔はしないでくれよ」

「えっ……？」

涙に濡れた顔を呆けさせるレーネの正面の椅子に、ドカッと腰掛ける。酒場の椅子は安物だが、ゴツい荒くれ者たちが使っているくらいだ。多少勢いよく座った程度では壊れないことを知っているので気にしない。

「改めて自己紹介。元〈ベルセルク〉のリュージだ。二十一歳。等級は第三等。付与術師をやっている。よろしく」

「あ……はい……。錬金術師のレーネです……。等級は同じく第三等の、十九歳です……。パーティーは今しがた、解散しました……」

力無い言葉で、レーネはそう返した。十九歳か。長命なエルフなのにその歳で冒険者というのは珍しいだろう。何か事情があるのだろうか——と、いうのは、今は関係無いか。

「まあ、とりあえず涙を拭《ふ》いてくれ。追放された同士だしな。色々鬱憤《うっぷん》もあるだろうし今は飲もうぜ」

「あ、私は未成年なのでお酒は……。でも、そうですね、ご一緒します」

ハンカチで顔の涙を拭きながら、ちらちらとこちらを見つつ答えるレーネ。怪訝に思っているのかもしれないけど、同じ境遇なのだから放ってはおけないしな。


「それじゃあ本当に……リュージさんはもう〈ベルセルク〉のメンバーではないんですね……」

「ああ、そうだ。さっきのレーネさんと同じく、リーダーのガイに自分勝手な理由でパーティーを出て行くように言われた。残念ながらアイツの中では、俺の付与術の評価は無いも同然だったらしい。そう言われた以上俺も願い下げだけどな」

俺はジョッキに入ったエールをちびちびと飲みながら、まだぎこちないレーネに対してそう答えた。彼女はというと可愛いことにミルクを飲んでいる。どうやらエルフが動物由来の物を口に入れたりすることができないというのは眉唾らしい。そう言えば、『先生』も肉は食べていたっけか。

「あ、私のことはレーネでいいです」

「ん？　じゃあ俺もリュージでいいぞ」

「いえ、私は年下なので」

「そこ気にするのか、エルフなのに」

「エルフだからこそです」

エルフというのは年齢の上下関係に厳しいのか。まあ彼女の言うことも理解はできるが。

「ところで、あの女はレーネのことを役立たずとか何とか言ってたが、君だって第三等冒険者だろ？　役立たずだったらそこまで辿《たど》り着けないと思うが」

得てして、冒険者というのは荒事の対処が基本となるものだ。それに対応する能力が求められるため、俺たちのような職人であっても戦う術はそれなりにある。だから第三等に居る俺たちが役立たずなんてことは断じてないのだ。

付与術師や錬金術師であれば魔力を操る職業である。彼女も椅子に下げたバッグに杖を掛けているし、魔術師としての能力もあるのだろう。俺だってそうだ。

「……確かに、私は第三等冒険者です。ただ……それでも、マリエにとって私は役立たずという評価だった、それだけです」

遠い目で天井を見上げている。既にレーネは諦めの境地に達しているようだった。これから彼女はどうするつもりなのだろう。

「良かったら、レーネの薬を一つ見せてくれないか？　さっき攻撃用の薬だって使えるって言ってたよな」

「あ、はい。いいですよ」

ふと、興味が湧いて聞いてみたらあっさりと承諾してくれた。一職人として見てみたい気持ちがあったのだ。

そして彼女は外套《がいとう》を捲《めく》って腰のベルトに括《くく》り付けられた薬を眺め、「これ……とか、どうですか？」と澄んだピンク色の液体が籠められた一つの長細い瓶をテーブルの上へ静かに置いた。

蓋にピンが刺さっており、ピンを抜いてから投擲《とうてき》して使うのだろう。そんな道具について『先生』から聞いたことがある。

「あ、瓶には触っても大丈夫ですけど、蓋とピンには触らないでくださいね」

「ああ、分かった」

そうして俺は〈鑑定《アナライズ》〉の魔術を使い、目の前に置かれた瓶の正体を探ってみる。この〈鑑定〉は付与術師や錬金術師のような商工ギルド所属の限られた者にしか与えられない、物体がどのような能力を有しているのか判別するための魔術だ。

「爆弾……、火……いや、炎を立ち上げる効果。範囲は半径一メートルってとこか。威力と持続時間は……」

そこまで判別して、俺は固まる。

え、これ、凄くないか？　炎の持続時間と出力が半端ないぞ？　範囲こそ狭いものの、下手をしたらスズの魔術よりも……いや、間違いなく威力と持続時間だけでいえば、天才魔術師といわれるスズの魔術よりも強力だ。推測にはなるが、スズの魔術の四倍近い持続時間と出力だと思う。

あのマリエという女は、この目の前に座るエルフがどれだけ優秀な錬金術師か理解できずに手放してしまったらしい。何とも愚かなことだ。

「あの……？」

「あ、ああ、すまん」

俺が固まっているのを不審に思ったのか、レーネが覗き込んでいるのに気が付き我に返った。もう涙を流していないものの、可愛《かわい》らしい瞳が腫れぼったくなっているのが可哀想だ。

「……分かった、ありがとう。とんでもなく凄い爆薬なのは分かった」

「とんでもなく、ですか……？」

俺の評価にいまいちピンと来ていないらしく、レーネは困ったように眉を顰めた。どうやら彼女は、自分自身がどれだけ秀でているかを理解していないようだ。

「ああ、威力と持続時間だけで言えば〈ベルセルク〉の魔術師が扱う魔術より強力だぞ」

「え、そんな……、まさかですよ」

褒めちぎる俺に苦笑してみせるレーネだが、残念ながら世辞ではない。それに俺は世辞が苦手だ。

しかしそうなると……彼女をこのまま放っておくのももったいない気がしてきた。それに自分に対する正当な評価も知らずに一人にしておくのは、ちょっと危険だ。

だとすれば、先ほど考えていた計画に、彼女を巻き込んでみるのも一興か。

「……なあ、ものは相談なんだが、聞いてくれるか？」

「え？　はい、何でしょう？」

「組まないか？　俺たち」

「組む……と、言うと？　パーティーですか……？」

要領を得ない俺の言葉に、レーネが首を傾げる。まあ、二人とも冒険者の端くれだ。組むと言えばパーティーとなるよな。

だが、組むのはパーティーだけではない。

俺は彼女の作るものがどれだけ偉大であるかを知ってしまった。そして彼女自身がそれを理解していないことを知ってしまった。

ここでもし彼女を一人にしたら、また錬金術を軽んじる者から同じ目に遭わされるかもしれない。

それは同じ職人として、耐えがたいことだ。

「パーティーを組むのもそうだが、俺は職人として君の作品に惚《ほ》れ込んだ。だから二人で工房を構えて、付与術師と錬金術師がどれだけ凄い存在か世に示してやらないか？」

「えっ……」

全く予想もしていない提案だったらしく、レーネはぱちくりと目を瞬かせた後、何故か顔を真っ赤にして俯いてしまった。

「わ、私の、作品に……、それで、一緒に工房を、ですか……？」

「ああ、コレは正直凄い薬だと思う。保証する。それに俺と組めばこれを更に凄い物にできるだろ。瓶に付与術でも施してみろ、更に効果が増すぞ」

例えばこの爆薬であれば、蓋に細工をして風魔術の〈旋風《ワールウィンド》〉でも付与すれば、ピンを抜いた直後のタイミングで発動させ、炎の勢いを増加させることだってできるだろう。

錬金術と付与術、掛け合わせれば無限の可能性があるのだ。

「……ああ、フェアじゃないんで俺が付与した魔石も見せよう。コレとか、コレでいいかな」

俺はマジックバッグから〈金剛《こんごう》の魔石〉、〈酷寒《こっかん》の魔石〉、〈封魔《ふうま》の魔石〉の三つを取り出し、テーブルの上へ静かに置いた。どれもそんじょそこらの付与術師には作れない逸品だ。

本当は他にも俺の最高傑作とも言える作品はあるが、それらはうかつに表には出せない。

「わぁ……これ、魔石なんですか？　凄く大きな宝石っていう感じなのに……」

「石を上手くカッティングしないと効果が出ないからな。〈鑑定〉を使ってみてくれ。こっちの〈金剛の魔石〉は……」

俺の解説を聞きながら、先ほどまで涙の雨を降らせていたエメラルドグリーンの瞳には、いつしかまだ見ぬ未来への希望の光が灯《とも》っていたのだった。

レーネと二人、冒険者ギルドでパーティー脱退と活動拠点の異動の手続きをしたところ、受付嬢が慌ててギルドマスターを呼びに行った。まぁ、第三等が二人異動するのだ。多くの冒険者をまとめる立場としては由々しき事態なのだろう。

「おいリュージ！　〈ベルセルク〉を辞めて街を出て行くというのは本当か！」

「どうも、ギルマス。本当ですよ」

血相を変えてやって来た初老の男性、ベッヘマーの街の冒険者ギルドの長、ギルドマスターのイーミンさんへと、俺は軽いノリでそう返した。

「いったい、何だって言うんだ……？　お前がミノリとスズを残して居なくなるっていうのか？　それにレーネまで……お前だって優秀な錬金術師だってのに」

「あはは……、優秀って言ってくれてありがとうございます。でも、私、マリエに要らないって言われたので……」

もう決心はついたとは言っていたものの、まだ先ほどのことを引きずっているレーネは複雑な表情で弱々しく笑った。

イーミンさんは、俺、ミノリ、スズの三人が三年前この街に来た時からよく目を掛けてくれている、お世話になった方だ。そんな方を混乱に巻き込んでしまうのは心苦しいが、俺は先ほどガイとマリエに告げられた処分について詳らかに話した。

「……まぁ、ギルドとしてはパーティー内での諍《いさか》いには首を突っ込まない方針だが、馬鹿なのか、アイツらは……。どれだけリュージやレーネの力がパーティーに重要なのか、気付いていないのか」

「ガイの方は馬鹿……と言うか、アイツはミノリにちょっかい出してましたからね。兄貴分の俺が目障りだったんでしょう。マリエの方は、金が目的のようですが」

パーティーを追放されたというレッテルも有るため出て行かざるを得ないのだが、残していくミノリとスズにとって俺は義理ではあるが兄だ。また俺にとっても、二人は九年前に故郷を出た時から大事な義妹たちである。

だから、このまま別れるワケにはいかない。

「ギルマス、これを。ガイたちにはバレないタイミングでよろしく」

俺は懐からあるものを取り出し、周りから見えないように手渡した。ギルマスはその意図を理解し、一目見てからすぐに自分の懐へと仕舞った。

「……あぁ、分かった。これからどこへ行くつもりだ？」

「……まあ、ちょっと遠い街で腰を落ち着け、二人で工房を構えようと思ってます」

本当は西の隣国バイシュタイン王国の、魔石の鉱山が近い街道が通ったザルツシュタットという港町まで行き、そこで工房を構えることは二人で決めてある。イーミンさんになら場所を教えてもいいのだけれど、どこで誰の耳に入るかも分からない。それが巡り巡ってガイの耳にまで辿り着くのは避けたい理由があるのだ。

「ついさっき知り合った程度の間柄だったとは思えん行動力だな、二人とも……」

呆れられてしまった。言っていることは分からんでもないが。

「じゃあ、荷物まとめてさっそく明日出発しますよ。ギルマスもお元気で」

「お世話になりました、イーミンさん。職員の皆さんもお元気で」

手続きを終えた俺は軽く手を上げただけだったが、レーネの方はというと深々と頭を下げている。エルフが揃《そろ》って高慢だというのも眉唾らしい。勉強になるな。

「ああ、達者でやれよ。ミノリとスズのことについては任せろ」

「お願いします」

何ともあっさりとした別れではあったが、俺とレーネの二人は商工ギルドでも同じようなやり取りをした後、新天地への旅を始めることにしたのだった。

二人で相談した結果、費用削減のためにザルツシュタットまでは徒歩で行くことにし、俺たちは翌朝街の西門前で待ち合わせてから出発した。半月ほどの長旅になるが、まあ仕方あるまい。

まさか昨日の朝にはこんなことになるとは思ってもみなかったが、人生とはこんなものなのかもしれない。まだまだ青二才の俺が言うことでもないのだが。

「そうですか、リュージさんは遥か東方の生まれなんですね」

「ああ、大陸の東の端っこにあるサクラっていう帝国。国名は国花でもある桜という花が由来で、今の時期にちょうど咲いてるな」

街を出てから、俺たち二人は互いのことを教え合っていた。思えばギルマスの言う通り知り合ったばかりだったので、相手のことを何も知らないのである。

「桜、ですか。知らない種類の花ですね……」

「花、というか樹だ。ピンク色の花を付けて、春に見事な景色を見せるんだ。まぁ……内乱があったので、その景色が今も見られるかは分からないけれども」

「内乱があったんですか？」

「ああ、十二歳の時に親を亡くした俺は、内乱で同じように家族を亡くした天涯孤独の妹分を二人抱え、血の繋がらない三人兄妹で国を出たんだよ。そこからはまぁ、しばらく大変な日々だったな」

食う物にも困り、ミノリとスズを食わせるために盗みを働いたこともあった。そして捕まり酷い仕打ちを受けたこともあった。

でも、俺たちがこうして今も生きているのは――

「その後、三人まとめて『先生』に拾ってもらい、生きるための技術を教えてもらった。『先生』は厳しかったけれど、俺たちが冒険者としていずれ働けるように適性を見抜いてくれて、そして俺は付与術をやっているってワケだ。それまで生産作業とは無縁だった俺が職人になるってのは何かの冗談かと思ったが、今じゃ天職だ」

そう言って小さく含み笑いをする俺に向けて、不思議そうな視線を向けるレーネ。

「『先生』？」

「結局、最後まで名前は教えてもらえなかったから、『先生』だ。レーネと同じエルフ族だったよ」

そう、『先生』はエルフ族だった。だからこそ――

「……恩を受けた『先生』がエルフ族だったからこそ、君のことを放っておけなかったのかもしれない。君が君の正当な価値を理解しない者たちにいいように扱われるのが、我慢ならなかったんだ。だから――俺の自己満足に付き合わせてしまって、すまない」

俺は思わず立ち止まり、同じく立ち止まったレーネに向かって頭を下げた。

そして頭を上げると、レーネはしばしぽかんと口を開けていたが、突如として顔を真っ赤にし、視線を逸らしてしまった。

「も、もう！　やめてください！　私たちは似たもの同士なんですから、そんなことを気にしないで！」

「え？　あ、ああ、分かった」

口ではああ言っているが怒っている様子もないし、照れているのだろうか？　長い耳まで真っ赤になっている。

どうやらエルフというのは照れ屋らしい。これも勉強になった。


道中、複数の街や村を経由して宿に泊まりつつも、都合よく中継地点が無い場合もある。

ベッヘマーを出て五日後の夕方に差し掛かろうとしていたところで、俺はレーネに野営を提案することにした。

「そうですね、そろそろ野営の準備をしないと暗くなってしまいます」

レーネも同意してくれた。幸いにして街道を外れれば森が広がっている。今のうちに焚火のための枯れ枝を集めておかねば。

「……え？」

さて行動に移そうかとしていたところで、何かに気付いた様子のレーネが立ち止まり、音を拾っているのか長い耳の後ろに掌を当てた。

「……どうした？」

俺はその行為を邪魔しないよう、できるだけ小さな声で尋ねた。レーネは目をつぶったまま音を拾っていたが、耳から手を離すと、森のやや前方を指し示した。

「あの赤い樹の辺りで、誰かが争っているような声と、金属音がしています。会話はしっかりと聞き取れませんでしたが、盗賊のような話しぶりでした」

驚いた、指し示した場所は百メートルほど先にある樹だ。そんな場所の会話を断片ながらも聞き取ったらしい。エルフはその長い耳のお陰で聴力が良いとは聞くが、ここまでとは思わなかった。

しかし盗賊に金属音か。となれば刃傷沙汰の可能性がある。ここで野営をしようとした俺たちにとっても他人事ではない。

「何者かは知らんが、盗賊だというなら俺たちも狙われる可能性がある。助けに行こう。盗賊相手になるが、レーネも戦えるか？」

普段魔物を相手に戦っていても、対人となれば話は別だ。殺人ということになりかねないのでためらう者は多い。

でも、レーネは俺の言わんとしていることを理解したようで強く頷いた。杞憂《きゆう》だったらしい。

「はい、大丈夫です。急ぎましょう」

すぐに動けるよう荷物を工夫してから、俺たちは杖を握り締め、音がしたという現場へと急行した。


そこでは、確かに盗賊らしきならず者風の男たちが、ある一行を襲っていた。

しかし俺と、おそらくレーネも予想していなかっただろう。その一行は黒い外套を着込んでフードを被っている女性らしき人と、その護衛らしきバイシュタイン王国軍の鎧を着込んだ騎士たち四名だった。

騎士たちは男性二名、女性二名で編成されている。騎士たちに守られている様子から、あの外套を着込んだ何者かが非常に身分が高い存在であることが分かる。

「くっ、新手か！　魔術師まで居たのか！」

騎士の一人、若い方の男性が俺たちを見て叫ぶ。盗賊と一緒くたにされるのは不服だが、この状況ならば間違えても無理はない。

では、その誤解を解くためにも働くとするか。

「炎の矢よ、眼前の敵に突き刺さり燃え上がれ、〈火矢《ファイアアロー》〉！」

俺は汎用魔術の一つ、〈火矢〉を唱え盗賊たちの方へと向けた。付与術師や錬金術師など、魔力を扱う者たちの基礎としてこの程度は覚えている。

短い詠唱とともに目の前で立ち上った火の矢が、一人の盗賊の横っ面に当たり燃え盛った。

顔を燃やされた盗賊はパニック状態になってゴロゴロと転がり、周りの仲間たちの邪魔をしてくれた。下級魔術だが、この混戦では立派に役目を果たしてくれる。

「てめぇ！　何モンだ！」

盗賊たちのうち三人が、粗末な剣を手にこちらへ突撃してきた。上手いことこちらへ意識を向けさせることができたようだ。

俺は素人丸出しの技とも言えないような攻撃を杖で難なく捌《さば》いて、逆に蹴りを叩き込み盗賊を次々と大人しくさせる。こんなもの、ミノリの剣技に比べれば児戯ですらない。

「危ない！」

外套の女性がこちらに向かって叫ぶ。騎士たちを狙っていた盗賊たち六人が、俺に目標を切り替え束になって掛かってきたのだ。

だが、大人しくやられるつもりはない。これも想定内だ。

「我を傷つける魔の力を阻め、〈抗魔《アンチマジック》〉」

俺はここへ来るまでの間に打ち合わせておいた通りに、放たれた攻撃魔術を無効化する障壁を自分の周りにだけ展開した。

ちなみにこの障壁では、当然ながら武器による攻撃を阻むことはできない。一見すると無防備な俺は、六本の剣で惨たらしく斬り裂かれようとしていた。

しかしそれらは甲高い金属音で次々と弾かれる。結局、俺の身体《からだ》に傷を付けられた武器は何一つ無かった。

「電撃の網よ、あの者たちを包み込みなさい！　〈雷網《スパークウェブ》〉！」

盗賊たちの武器が目に見えない障壁に弾かれた直後、レーネの声と共に突如として激しく光を放つ網が俺を中心に広がり、蜘蛛の巣に搦《から》め捕《と》られた蝶のように、盗賊たちは声にならない悲鳴をあげながら感電し藻掻くことすらできずに力尽きていった。

俺はというと、当然ながら魔術を無効化する〈抗魔〉を展開していたので無傷である。本当は同等の効果を持つ〈抗魔《こうま》の魔石〉を持っていれば使う必要も無かったのだが、物理攻撃を無効化する〈金剛《こんごう》の魔石〉と干渉するのでマジックバッグの奥に仕舞っている。

「す……凄い……」

手際が良かったお陰だろうか、女性騎士の一人から賞賛を頂いた。だがそれは俺にではなく、網を放って一網打尽にしたレーネに言ってあげてほしい。

光の網が消え去った後に魔術障壁を解除して、残りの盗賊共を騎士たちと一緒に片付ける。逃走しようとした連中には背後から炎の矢を浴びせてやり、転げているところを昏倒させる。

すべて終わった後、隠れていたレーネに対して「もう安全だ」と右手の指を揃え数回折り曲げて合図を送る。そこでようやく彼女は姿を現した。それまで俺にすら全く居場所が分からなかったのは、森の民の為せる業なんだろうな。

「助けていただきありがとうございます」

外套を着込んだ女性は、フードを被ったままに軽く膝を折って感謝の意を示した。その立ち居振る舞いからして、どこぞのご令嬢か、はたまたやんごとなき身分のお方なのかと思われる。

「申し遅れました。わたくしは――」

「ツェツィ様、なりません」

若い男性騎士にそう諫められたツェツィという女性は、少しだけ不服そうな表情を浮かべたものの、それ以上は自分から何かを打ち明けるつもりもないのか、口を噤《つぐ》んでしまった。

……いや、女性ではなく少女だ。ミノリと同じくらいの年頃で、十五、六歳といったところか。

「何やら事情があるみたいですが、詮索はしません。俺たちはこの辺りで野営をしようと思っていたので、後顧の憂いを絶とうと加勢したまでです。お気になさらず」

「……お気遣い、痛み入ります。私はディートリヒと申します。よろしければ、あなた方のお名前をお伺いしても？」

少女に代わり、若い男性騎士が答えた。こちらとしても名乗らぬ理由は無いので答えておくとするか。

「俺は付与術師のリュージと言います。冒険者等級は第三等です」

「わ、私は錬金術師のレーネと申します。同じく第三等です」

「ほう、その若さで第三等とは、優秀なのだな」

俺たちが腕輪を見せながら自己紹介すると、中年の方の男性騎士が顎《あご》を擦《こす》りながら感心したように頷《うなず》いた。俺はともかく、レーネはエルフなので外見からは歳が分からないのだがそれは言わぬが花、なのだろうな。

「それに、先ほど物理障壁を展開した様子は見えなかったというのに武器を弾いていた。あれは〈金剛〉の付与の力によるものであろう？　武器を弾くほどの障壁を生むには高い魔石生成の技術が必要だろうに、大した物だ」

「ありがとうございます。仰る通りで、〈金剛〉という付与効果によるものです」

一定以上の力が加わらない限り自分への攻撃をすべて弾く〈金剛〉と名付けられた付与は、かなり高等な部類の付与術に入り、俺が持つ虎の子の一つである。だがただ付与をするだけでは十分な力は得られず、中年騎士の言う通りカッティングの技術も重要になってくる。

それを見抜くとは、この騎士こそ只者ではないような気がするな。

「騎士様方もこの人数を相手に大した被害も無く戦い抜くとは、感服いたしました」

「はっはっは、某《それがし》どもはそれが仕事だからな」

中年騎士は豪快に笑っているけれども、鎧のあちこちに傷が見られる。女性騎士の二人に至っては顔に傷ができており、痛々しい。

「あの……差し出がましいようですが、騎士様。私のお薬を使われますか？」

レーネもそれは感じていたようで、バッグから薄い青色の液体が詰められた小瓶を取り出し、申し出た。

だが、騎士たちは複雑な表情を浮かべ、顔を見合わせている。信用できるとまでは言えない相手から差し出された薬だ。使うことに抵抗があるのだろう。

ここは一つ、レーネの名誉のためにも一肌脱ぐとしよう。

「え？　リュージさん、何を……？」

俺がゆっくりとした動作で取り出したナイフを見て、レーネが顔をひきつらせる。騎士たちの間にも緊張が走った。当たり前だ。

だが、別に誰かを傷つけるために出したワケではない。

「きゃっ⁉」

ツェツィという少女の小さな悲鳴。

俺は、取り出したナイフで自分自身の腕を傷つけてみせたのだ。必要以上に傷つけてはいないのでうっすらと血が滲んだ程度なのだが、ショッキングだったか？

「レーネ、薬」

「は、はいっ！」

俺の意図を理解したのか、レーネが慌てて小瓶から数滴傷口に垂らしてくれた。それを自分の指で軽く擦り込んでみせる。

「えっ？　嘘……」

女性騎士の二人が、驚いて目を見開いている。

それもそうだろう。擦り込んだ薬を布で拭き取ったら、傷が綺麗に消えていたのだから。

「……で、使いますか？」

「使います！」

「使わせてください！」

「お、おい、お前たち！」

再度俺から尋ねてみたところ女性騎士たちが揃って懇願したため、ディートリヒさんが焦ってそれを止めようとしていた。

「まあまあ、いいでしょう、ディート。何かあればわたくしが責任を持ちますよ」

少女がころころと笑いながらそう言うと、中年騎士も豪快に笑ったのだった。


騎士様方に薬をお渡しした後、俺たちは一行と別れることにした。相手は理由《わけ》ありなのだし、同じ場所で野営しては都合の悪いこともあるだろう。

盗賊たちについてはきつくふん縛っておいたが、近くの街へ突き出すまではディートリヒさんたちがやってくれるらしい。褒賞金が発生するかもしれないが、さっき助けたお礼も貰っているし、後のことを任せるこの人たちに譲ることにした。

荷物を抱えて立ち去ろうとした俺たちに、一行の少女が慌てて声を掛けてきた。

「お二人とも、どちらに向かわれるかお伺いしてもよろしいでしょうか？」

「俺たちですか？　ザルツシュタットに向かい、そこで工房を構える予定です」

「ザルツシュタット……ですか……。ライヒナー侯爵領でしたね」

おや、俺が行き先を告げた途端に、少女の歯切れが悪くなった？　ザルツシュタットに何か思うところがあるというのか。

「ザルツシュタット、か、ふむ。これからまだ旅程は長い。しっかりと道中の街で補給をするのだぞ」

「は、はいっ、ご助言いただきありがとうございます！」

中年騎士が、まるで少女の態度から目眩《めくら》ましするように無理矢理に話題を変えた気がした。それに気付かなかったのだろうレーネが、素直に反応する。

だがしかし彼の言う通りではあり、ここからザルツシュタットまではまだ十日は掛かる。この一行がどこに向かうかは分からないが、同じ方向だろうか？

……何となく、この一行の行き先は同じ方向で、あと三日程先にある王都ラウディンガーのような気もするが……まぁ、俺たちが問われたからといってこちらも問い返す必要は無いか。

「……では、これで失礼します。皆様もお気を付けて」

「失礼します！」

そろそろ日没も近い。俺たちは急いで野営の準備をすべく、枯れ枝集めへと奔走することにした。


東の街道がデーア王国、北の街道がゴルトモント王国へと延びている、大陸のもっとも南西に位置するザルツシュタットは、港を有するバイシュタイン王国の要衝である。

要衝……である、はずなのだが……。

「……思っていたほどには、活気が無い」

「そうですね……」

ザルツシュタットに到着して早々、俺たちの抱いた感想はそんなものであった。

おかしい。港町でもあれば魔石鉱山の存在するベルン村も近くにあるので、流通も盛んかと思えば全くそんなことも無く、商人の姿も少ない。どういうことだ？

「と、とりあえず、冒険者ギルドで手続きをしましょうか」

「そ、そうしよう」

この街を提案したのは俺なだけに、どこかレーネに気を遣わせてしまっているような気がする。胃が痛い。

俺たちは人の少ない通りで冒険者ギルドと商工ギルドの場所を確認し、向かうことにしたのだった。


少しだけ期待してはいたのだが、残念ながら冒険者ギルドも外と同じく閑散としたものだった。

もやっとした気分ではあるものの、取り急ぎ受付の時間も限られるので、二人揃って異動手続きをすることにした。

「はい、転入ですね。……えっ、お二人とも第三等ですか⁉　転入していただけるのであれば助かります！」

冒険者ギルド総合受付のアンネさんという二十代前半くらいの女性は心底嬉しそうな反応をしている。第三等が二人揃って転入、というのは確かに珍しいことだが、ザルツシュタットが噂《うわさ》通りの大きな街であれば第三等くらい他にも居るんじゃないのか？

「あの、すみません。この街って本当に、活気があるという噂のザルツシュタットなんですか？」

俺と同じく困惑しているレーネが恐る恐るといった様子でアンネさんにそう尋ねていた。いやいや。さすがにこの紙にしっかりと「ザルツシュタットへの転入届」と書かれているのだから、街の名前に間違いは無いだろうよ。

しかしレーネの言葉に思うところがあったのか、アンネさんは複雑な表情を浮かべて溜息を吐いた。

「ええ、あの要衝ザルツシュタットで間違い無いですよ。ですが……最近事情が変わってしまったのですよね……」

「事情、ですか……?」

何やら俺たちの知らない街の事情があるらしい。俺は黙って話に耳を傾けることにした。

「はい。辺境とはいえ確かに北と東の街道が繋がり、近くには鉱山、海にも面した交通の重要拠点、でした。一年ほど前までは」

アンネさん曰く、一年前までは商人の中継拠点であり、流通も多く栄えていたらしい。

しかし、鉱山は魔石の産出量が少なくなり廃坑となってしまう。しかもその後大陸南西部が大地震に見舞われ、国外との交易の玄関であった立派な港は壊れてしまい、未だに復旧の目途が立っていないらしい。

「オマケに、北の街道のゴルトモント王国との国境近くにあるフルスブルクの街と、東の街道のデーア王国との国境近くにあるラートの街の間を結ぶ街道ができてしまったんです」

「……確か、この国の北東部って、山地じゃありませんでした?」

そうだ。レーネの言う通りでバイシュタイン王国の北東部には山地が集中している。そこを結ぶ街道など、山道で移動にコストが掛かってしまうと思うのだが……

「山間を縫うようにした、起伏の少ないルートが見つかったんです。国王陛下主導の事業で、途中の川に大きな橋も架かったんですって」

「な、なるほど……」

目玉の鉱山と港は無くなり、代替ルートもできあがってしまった。これでは確かに人が少なくなるのも自明の理ではある。

「……って、鉱山が廃坑？　それはマズい」

俺は一つスルーしていた要素を無理矢理に引き戻し、その事実に頭を抱えた。魔石が採れないとなると、俺がここで活動するメリットが大きく損なわれてしまう。

「え？　……ああ、リュージさんは付与術師ですか。それは……魔石の採れる鉱山を目当てとしていらしたのだとしたら、ショックですよね……」

アンネさんの哀れみの視線が痛い。付与術師が効果を付与できる魔石、いわゆる〈無の魔石〉は魔石鉱山で採掘できるのだ。それが採れないとあれば俺の生命線が絶たれたも同然……とまでは言わないのだが、他の地域から輸送されてきたものを高値で購入しなければならなくなる。

「それに……海の材料が採れないと、レーネも困るよなぁ」

「そ、そこまでは困りませんけど。それに海の材料は浅瀬であれば自分で採りに行けますし、海と繋《つな》がる塩水湖が近くにあるとも聞いていますので、そちらでもある程度代替は可能かと思います」

「そ、そうか……」

困ったものだ、予定外のことばかりが襲ってきてしまった。いや、元はと言えば自分の下調べが甘かった、これに尽きるんだろう。猛省せねばなるまい。

「……どうします？　転入届、受理してもよろしいですか？」

「あー……」

アンネさんが申し訳なさそうに紙を差し戻してきたため、俺とレーネは思わず顔を見合わせてしまった。この人にとっては二人もの第三等の冒険者というのは歓迎すべきなのだろうが、さすがに事情が事情なので受理もしづらいのだろう。いい人だ。

「リュージさんが良ければ、私はいいです」

レーネは俺の顔を見つめ、苦笑を浮かべながらそう答えた。旅をしていた半月の間でよく理解したが、相変わらず損な性格をしているな、このエルフは。

俺は気まずさにポリポリと頬を掻き、小さく溜息を吐いた。

「……実を言うと、ここに転入しなければならない理由が、俺にはあるんだ」

「え？　どういうことなんですか？」

不思議そうに尋ねるレーネにその理由を教え、納得してもらえたところで俺たちは転入届を改めて提出することにしたのだった。

参ったな。こんなことならば、他の手段を使うべきだった。

§

リュージたちのザルツシュタットへの到着よりも少し時間を遡り、ベッヘマー北の地下に広がる〈大迷宮〉でのこと。

斥候を野伏のショーン、前衛を重戦士のガイ、その後ろに神官のマリエ、魔術師のスズ、殿《しんがり》を剣士のミノリという編成で、第二等パーティー〈ベルセルク〉は限られた等級しか進入を許されていない第三層を進んでいた。

「あー……クソッ、身体がだりぃ……」

「リ、リーダー、大丈夫っすか？」

先頭を進むショーンが、怠そうに悪態を吐いたガイを振り返って媚びへつらう。〈ベルセルク〉にとってはいつも通りの光景ではある。

だが、ガイはいつもにも増して体調が優れない様子で、時々呼吸も荒くなっていた。

「何よあんた、ホントに大丈夫なの？」

「おっ、なんだミノリィ、心配してくれてんのか？」

「いざという時にあんたが盾にならないとパーティーが瓦解するからでしょうが気持ち悪い声出すな死ね！」

途端に元気になって猫撫で声を出したガイへ、ミノリは「声だけで人が殺せればいいのに」と思いながらそう喚いた。自慢の義兄と違ってトラブルしか引き起こさないこのリーダーと名乗る男を、彼女は心底嫌っているのである。

「けど、体調が悪いのは本当なんだよな……、〈昇華の魔石〉を手放したせいか？　クソッ、リュージの野郎め……」

「……リュージ兄がどうしたの？」

耳聡くガイの呟きを捉えたスズが珍しくその無表情な顔を動かし、半目で睨んで問うた。

「あ？　ああ、何でもねえよ、へへっ」

兄を追放したことを未だに姉妹へ告げていないガイは愛想笑いを返したが、賢しいスズにとっては彼にとってそれが追及されたくないことだと咄嗟《とっさ》に見抜くことは容易であった。

「嘘。〈昇華の魔石〉を手放したって言った。リュージ兄に返したの？」

「……チッ、ああ、返したよ。ご丁寧に最後に返せと念書まで見せてきたからな」

それを聞いたスズとミノリは、固まる。

「……は？　最後って何？　それってリュージ兄をパーティーから追い出したってこと？」

気色ばんだミノリが、途端にガイへと殺気を見せる。慌ててガイは彼女の方へと振り返り、否定するように手を振ってみせた。

「ち、違ぇよ！　アイツが自分から出てったんだ！」

「それも嘘。リュージ兄がスズたちを残してどこかに行ったりしない」

「……金に五月蠅いこの女が〈ベルセルク〉のメンバー入りする時、パーティーの取り分が減るから何とかしろって言って追放したんでしょ」

ミノリの言い分は的確で、指をさされたマリエが図星を突かれ顔をひきつらせた。

「そ、そうなんだよ、俺も仕方なくな……」

「何よぉガイ！　アタシのせいにする気⁉」

ダンジョン内でぎゃあぎゃあと喚くガイとマリエ、それを宥めようとするショーンの様子を、ミノリとスズは白い目で見つめる。

「……ミノリ姉、リュージ兄を追い出したこのパーティーに、居る意味なんてあるのかな」

「……あたしが言わなくても分かるでしょ？」

憮然とした後に姉妹はそう話していたが、パーティーの進行方向とは反対を向いているショーンの背後に、騒ぎを聞きつけて来たらしいストーンゴーレムが現れた。

「話は後！　ショーン、後ろから来てる！」

「え？　うわわわっ！」

ミノリの一喝で、ショーンが慌ててガイを盾にするように中衛へと下がる。逃げ足だけは速いと、周りから評判の高いショーンである。

ストーンゴーレムは重厚な足音を響かせながら、その巨体に似合わぬスピードで彼らへと近づいてくる。が、〈ベルセルク〉にとっては質の良い魔石の欠片を得られる格好の獲物である。

「いつも通り、俺が防御してる間にお前等が働け！　以上！」

「リーダーならちゃんと指示を出せ！　……スズは後ろに気を付けながら、物理衝撃系の魔術を使って！　バックアタックが来たらすぐにあたしを呼んでね！」

「ん」

ガイが長剣と盾を手にどっしりと構えたがそれ以上何をすることもなく、指示を出すのはミノリの役目。これが〈ベルセルク〉の日常である。

「アタシはどうすればいいのぉ？」

「魔力は温存してて！　万が一あのサルがやられたら回復してやって！　しなくてもいいけど！」

「おい誰がサルだミノリィ！」

憤慨するガイを無視しながら所在なさげなマリエに指示を出しつつ、ミノリは迫り来るストーンゴーレムの急所を狙うべくガイの後方で待機する。ガイが集中して狙われている間にミノリとスズがゴーレムの核を狙う。これが彼らのスタイルであった。

だが、それは先日までの話であった。

「うおっと⁉」

ストーンゴーレムの一撃を盾に受けたガイは、重戦士にあろうことかよろめいてしまう。慌てて彼は盾を翳し、頭を狙う一撃を防いだ。兜があるとはいえ、今の一撃を食らっていれば首をやられていただろう。

「ちょっと！　何やってんの！　ちゃんと耐えなさいよ！」

「う、うるっせぇな！　〈豪腕《ごうわん》の魔石〉が無くていつもより力が出ないだけだ！　指図するんじゃ――」

ミノリの文句へご丁寧に振り返るガイ。

だが、それが致命的だった。

「あがっ――」

その身体ごと、横からストーンゴーレムの一撃を貰ったガイが軽々と吹っ飛び、床にスライディングする。

そして、ピクリとも動かなくなった。

「……このバカ！　マリエ！　回復させてビンタしてもいいから起こしてやって！　あたしとスズが時間を稼いでる間に撤退するよ！」

「わ、わかったわ！」

第二等パーティー〈ベルセルク〉。

その崩壊は、あっけなく訪れたのだった。


「ただいま……」

「おう、なんだミノリもスズも。随分とボロボロだな」

たまたま受付に顔を出していた冒険者ギルドのギルドマスター、イーミシは、疲弊した様子の第二等冒険者姉妹に向かって心配そうに声を掛けた。

「まあね……、ガイがやらかしてさ、迷宮で撤退する羽目になって」

「スズたち、最後まで殿《しんがり》務めた。ガイもショーンもマリエも、スズたちに押しつけて逃げるだけで話にならない」

溜息を吐く姉妹。

だが彼女たちもそうなった理由は分かっている。ガイが魔石をリュージに返したためだ。

リュージの作った、体力を増強させる〈昇華の魔石〉と、身体能力を高める〈豪腕《ごうわん》の魔石〉は、どちらも優秀な付与術師でなければ創り出せないものである。

いや、普通の付与術師でも何とか創り出すこと自体はできる。その力を十全に引き出すことができるのは、一握りの高い技術を持つ者たちだけなのだ。

「そいつは大変だったな……。ということは、依頼は失敗か？」

「うん。ガイは何とか期限を引き延ばしてこいって言ってたけど、まあガイがあの調子じゃ達成できるか怪しいし、無視していいよ」

「賢明だな」

身も蓋も無いミノリに、イーミンは苦笑してみせた。依頼失敗が重なれば冒険者等級の降格も有り得るが、元々この姉妹は等級というものにそれほど頓着していないのである。

「って、そうだギルマス！　聞きたいことがあったんだけど――」

ミノリがちょうどいいと何か尋ねようとしたところを、イーミンが手で制する。

そして辺りを注意深く確認した。

「聞きたいことはだいたい分かっている。……ガイたちは居ないな？」

「う、うん。アイツらなら宿に居るよ」

「分かった。ならこの場で読め」

何かガイには秘密の話があるのか、そう思ったミノリとスズに、イーミンから一通の手紙が差し出された。

差出人はリュージ。宛名はミノリとスズになっている。

「これって……！」

姉妹は頷くと、急いで封を開けて中身を確認する。

ミノリとスズへ
もう聞いているかもしれないが、俺はガイから役立たずの烙印を押され、パーティーから抜けざるを得ない状況になった。

この街で俺が冒険者として活動することは、もはや難しい。

そこで、知り合った錬金術師と共にバイシュタイン王国の南西にあるザルツシュタットの街で工房を構えることにした。

俺としては可愛い妹たちと今生の別れをするつもりはないので、二人が良ければ来てほしい。

待っている。

リュージ

「……ザルツシュタット」

「うん、そう書いてある」

「可愛い妹たちを、待っている、だって」

「……うん」

ミノリは、まるで水を得た魚のように生き生きとした表情を浮かべた。リュージは最初から二人の義妹たちと別れるつもりなどなかったのである。

「読んだか？」

「うん、読んだ。ありがと、ギルマス」

「ギルマス、ありがと。ガイに行き先を知られないように、こっそり預かってくれてたんでしょ」

まるで何もかも分かっていたかのようなミノリとスズの様子に、イーミンはニヤリと笑ってみせた。

「さすがはアイツの義妹だな、察しがいい」

イーミンのその言葉に、ミノリはにんまりと元気な、スズは控えめな笑みを浮かべた。

「とーぜん、あたしたちはリュージ兄の義妹だからね！」


イーミンに手紙の処分を任せ、ミノリとスズはこれからのことを話していた。

徒歩で向かえば半月も掛かる場所であり、ベッヘマーからならばバイシュタイン王国の王都ラウディンガーを経由する乗合馬車を利用するのが得策である。

「え？　じゃあスズはすぐ行くつもりはないの？」

「ん、後から乗合馬車で行くつもり」

「どして？」

一緒に行けば色々と楽なのに、と思いながらミノリは首を捻るも、スズはというと手にした魔術書を掲げ、淡々とその理由を語ってみせた。

「知り合いから借りた魔術書、読み終わってない」

「ぷっ！」

いかにもスズらしい理由に、ミノリは思わず噴き出してしまった。この幼い天才魔術師が何よりも真理の探究を優先するのは、今に限ったことではないのである。

「分かったよ、スズ。でも何か困ったことがあったらすぐに出発するんだよ。あのリーダーを名乗るサルは、何しでかすか分からないからね」

「ん、分かった。ミノリ姉も気を付けてね」

姉妹は互いの小さな身体をしっかりと抱き締め、しばしの別れを惜しんだ。

「……ミノリ姉、またおっきくなった？」

「う、うるさいっ！」

慌ててスズから身体を離したミノリは、顔を真っ赤にしながら最近の悩みの種である自分の豊かな胸部を隠したのだった。

§

ザルツシュタットに到着したその日、俺たちが冒険者ギルドでの手続きを終えたところで夕方を迎えてしまったので、残った諸々の手続きは翌日行うと決めて宿に泊まることにした。

街の港は壊れているもののいくらか漁船を出すことはできるらしく、酒場では獲れ立ての海の幸を堪能することができた。

そして翌日、商工ギルドでの手続きも終えた俺たちは、ついでに工房として利用することに適した空き家を探すことにして、今こうして役人のトールさんと一緒に郊外へと足を運んでいるのだった。

「やっぱり、結構歩くんですね」

「ご条件に合った広い家となると、街の中心部ではどうしても賃料が高くなってしまいますからね。利便性と賃料の安さは相反する条件なのですよ」

「なるほど……、ところで、その背中の物は何なんですか？」

俺は話の流れをぶった切って、トールさんが背負っているものについて思い切って聞いてみることにした。

何故ならば、トールさんが背負っているリュックの端からは、明らかに野菜がはみ出ているからだ。何故に物件の紹介で野菜を背負う必要があるのか、はなはだ疑問である。

「あー……その、これはですね、その……偽善です」

「……偽善？」

困ったように歯切れの悪い答えを返したトールさんの様子に、俺とレーネは頭に疑問符を浮かべて顔を見合わせた。賃貸物件と野菜と偽善。全くもって結びつかないのであるが。

そうこうしているうちに、道は畑を突っ切る広めの畦道へと変わっていく。そして正面には二軒の家屋。左は小さめ、右は大きめの平屋だ。おそらく俺たちの条件に合った家となると、右の方だろう。

「着きました。右の方がご条件に則した空き家となります。この家の持ち主は商人だったのですが、その……、この街に見切りを付けて、商工ギルドへ売却してしまったのですよ」

……ああ、そういうことか。商人としては儲からない場所に根を下ろしている理由も無いだろうしな。損切りしたってことか。

しかしこの家、幅が二十五メートルはあるだろうか？　なるほど、これは広い。いや、広すぎる感はある。少し条件を厳しめに指定してしまっただろうか。維持が大変そうだ。

「トールさん、中、確認してもいいですか？」

「はい、もちろんです」

トールさんから鍵を渡されたレーネが、玄関を開けて中へと入る。俺もその後から続くことにした。ふむ、後から大きな器材を運び込んでも大丈夫なくらいに廊下は広い。これだけで好印象だ。

中は少し埃っぽいものの、部屋の広さも数も十分だ。これならば二人と言わず、ミノリとスズが泊まりに来たとしても問題無いだろう。

「レーネ、どう思う？」

「はい、良い物件だと思います。森も近いですし」

……そうか、そう言えば俺にしてもレーネにしてみても、森へ材料を採りに行けるのは魅力的なんだな。

家の中を確認した後、俺たちは外を確認することにした。まあ、もっとも安全面でいえば付与術や防衛用の傀儡《くぐつ》であるゴーレムを使えば確保できるのだが。

「……ん？」

視線を感じ、隣の家の方を見る。

見れば隣の庭では、痩せ細った幼いダークエルフとエルフの女の子たちが、俺たちの方へ視線を送っていた。ダークエルフの方が十歳ちょっと、エルフの方が八歳くらいだろうか？

「わ、可愛らしい子！」

レーネも気付いたらしく、彼女の言う通り可愛らしいお隣さんへと手を振ってみせた。二人の女の子も、おずおずとレーネに向かって手を振り返す。

何とも微笑ましい光景ではあるものの……あまりにも痩せこけた二人の姿が、非常に気になってしまった。

「ああ、ラナちゃん、レナちゃん、居たんだね。ほら、お待たせ。今日も持ってきたよ」

家の鍵を閉めたトールさんが二人の存在に気付くと、小走りで二人の方へと近づき背負っていたリュックを下ろした。そして予想通り中に収納されていた野菜を取り出して二人に渡す。

「トールお兄ちゃん、ありがとうございます！　ほら、レナもお礼！」

「ありがとー」

ラナというダークエルフの子が礼儀正しくお礼をすると、レナというエルフの子も行儀よく頭を下げた。

……なるほど、トールさんが偽善と言った意味が分かった気がする。

でも、俺はそういうの、嫌いじゃない。


「あの子たちの父親はエルフ、母親がダークエルフなのですが、母親が事故で亡くなってしまった後、父親がすぐに蒸発してしまったのです」

「……そうだったんですか」

トールさんから詳しい話を聞いたレーネは、複雑な表情を浮かべていた。

エルフというのは閉鎖的なところがあり、レーネのように故郷を離れて暮らす者たちは珍しくもそれなりに居るが、逆にエルフの村で暮らしている他種族の話は聞いたことがない。

さしずめ、種族の壁を越えて愛し合ってしまった二人が故郷を追われてひっそりと暮らしていたが、妻の死を機に夫が冷めてしまい、子供を捨ててしまったということなのだろうな。

「それで事情を知っているトールさんは、定期的に食糧を運んであげているんですね」

「……偽善、とは分かっているんです。他にも飢えている子は大勢居る。でも、知ってしまったら――」

トールさんはばつが悪そうにしているけれども、俺と義妹たちはそういった偽善で救われた人間だ。彼の行いはとても立派だと思う。

それなら、俺だって偽善をしていいよな。難しいことではあるが、偽善が広がって飢える子が居なくなれば、それは果たして偽善ではなくなるのだから。

「トールさん。契約の話に戻りたいのですが」

「え⁉　あ、す、すみません！　そうですね！」

トールさんが隣に飢えている姉妹が居る状況を見せたことは、物件を紹介している身としてマイナスの行動と言えるだろう。

ただ、それでも彼は姉妹を放ってはおかなかった。

「いいよな、レーネ」

「はい、もちろん！」

「……え？」

俺の言葉に、当然とばかりにレーネは鼻息荒く答えた。予想外の展開に、トールさんは呆けている。

こうして他人の痛みに敏感になれるところも、レーネの魅力的な部分だ。恥ずかしいので本人には言えないけれども。

サインした契約書を抱えてトールさんが嬉しそうに去って行った後、俺たちはお隣さんへの挨拶をすることにした。

「というワケで、お隣に引っ越してきたリュージだ、よろしく」

「私はレーネ。よろしくね、ラナちゃん、レナちゃん」

ラナとレナの二人は、ぽかんと俺たちを見上げている。……いや、正確にはレーネの方を見上げている。

「……耳が、わたしたちとおんなじ……」

「ホントだぁ……」

「……あー……、うん、そうだね……」

少ししょんぼりしている姉妹を、レーネが抱き締める。おそらく、両親を思い出してしまったのだろう。

「なあ、この畑、もしかしてラナとレナの二人で耕してるのか？」

話を逸らすために、俺はさっきから気になっていたことを聞いてみることにした。幅は五十メートル程度。奥行きは……五分くらいは畦道を歩いてきた気がするのだが。

「はい！」

俺の嫌な予感は当たっていたらしい。姉のラナが無邪気に頷いた。あまりに無謀すぎて、俺は思わず右手で顔を覆ってしまった。よく見れば確かに二人とも、潰れたマメで掌がボロボロになっていて痛々しい。

「うーん、土があんまり良くないですね」

「そお？」

さすがは森の民。レーネは畑の土を弄って生育に適しているかどうかを一目で見抜いたようだ。一緒にしゃがんで観察している妹のレナだが、絶対意味が分かっていないだろうアレは。

「なら、応急処置をしてみよう。……なあ、二人とも。この畑の野菜がもっと元気になるように、俺がおまじないをしていいか？」

「おまじない、ですか？　よく分からないけど、野菜が元気になるのはいいことだと思います！」

うん、この姉も姉で、他人に疑いを持たないところは後で教育してあげる必要があるな。……まあ、それは今のところは置いておいて。

俺はマジックバッグから一つの魔石を取り出すと、とりあえず手近な区画の中心にそれを埋めてみた。

「これでよし」

「何をしたんですか？」

パンパンと手を叩いて泥を払う俺へ、レーネが興味深そうに尋ねてきた。

「作物の成長を促す〈ペウレの魔石〉というものを埋めた。まあ、俺もコイツを使ったことがないのでどの程度効果があるのかは分からない」

「ペウレって、豊穣の神様ですよね。その魔石、使ったことないんですか？」

「冒険者は基本根無し草だしなぁ」

そそも、今日に至るまで自分の土地を持ったことがない。『先生』のお知り合いのところで畑の手伝いこそしたことはあるけれど、その時はまだこの魔石は存在していなかったし確かめようがなかったのだ。

「でも、効果が分からないって……大丈夫なんでしょうか？」

「悪いようにはならんだろ。さ、掃除するぞレーネ」

「あ、待ってください！」

不安に思うのは分かるが、分からないのだから気にしても仕方ない。大通りで買った雑巾を取り出して新居に向かう俺の後ろを、慌ててレーネが追い掛けてきた。

「仲のいい夫婦だねぇ」

「ねー」

「違いますからね!?」

後ろから投げかけられた聞き捨てならない姉妹の言葉を、レーネが慌てて訂正していた。


翌朝。

すべての部屋までは掃除しきれず綺麗になった一室で雑魚寝をしていた俺とレーネは、玄関の扉を激しく叩く音で目覚めさせられた。

「ふぁ……、ああ、ここは新居だっけか」

「んぅー……、何ですかぁ？　五月蠅いです……」

鳴り止まない玄関の音に、俺は急いで応対することにした。朝に弱いレーネは長い耳を押さえて転がっているので、とりあえずそちらは放っておくことにする。

誰が向こうに居るか分からないので、念のために魔力感知をしてみる。ドアの向こうには……これはお隣さんの姉、ラナか？　いったい何の用だ。

「リュージさん！　レーネさん！　大変なんです！　起きてくださ……わっ!?」

「ああ、悪い。なんだこんな朝早くか……」

いきなり開いた扉に危うく殴られそうになったラナへ詫びを入れつつも、文句を言おうとした俺の言葉がそこで止まる。

それもそうだろう。

昨日まで弱々しい芽が並んでいた目の前の畑には、遠くまで立派な野菜が実っていたのだから。

「こ、これは……見事ですね……」

「だな……。まさかここまで凄い効果があるとは思ってもみなかった」

家に戻ってみたところまだうだうだと転がっていたレーネを叩き起こし、俺たちはその瑞々しい野菜を前に唸っていた。埋めた場所は家の手前だったというのに、遥か遠くまで効果があったらしい。どこまで効果があったんだ、これは？

一晩で芽の状態から収穫まで育ってしまうとか凄まじいにもほどがある。だが周りの森に生えている草は昨日と変わりなかったようなので、おそらく人が耕している場所にしか効果は無いのだろう。

「……ん？」

左右両方からぽんぽんと腰を叩かれたかと思ったら、姉妹だった。

「……リュージさん、これ、食べていいんですか⁉　夢じゃないですよね⁉」

「いいの？」

「あ、あー……」

助けを求めてレーネを見たが、「駄目って言えないでしょう」とでも言うように溜息を吐いている。本当ならばレーネに身体に悪い成分が無いか確認してほしいところなのだが、お腹を空かせている少女たちにお預けするのは心が痛くなる。

まぁ、致命的な成分などを優先しつつ確認は並行で進めて、今は思いきり食べてもらうとするか。


「お腹いっぱい……幸せです……」

「しやわせ……」

簡単に干し肉を使った野菜炒めを作ってあげて、はち切れんばかりにそれを腹へと詰め込んだ姉妹が、俺たちの家の床に揃って転がっている。一応何か異常があったらすぐに反応できるように、手元で見てあげているのだ。

「確認終わりました。確実とは言えませんけど、たぶん大丈夫です。普通の野菜ですね」

「早いな⁉」

「この手のリスクアセスメントには慣れていますので」

……自信ありげになんだかよく分からない単語を出されたが、俺もレーネを信じてたぶん大丈夫としか言えない。しかしいつの間に器材を準備していたのか。研究者の鑑《かがみ》だ。

その後、三時間ほど姉妹の様子を見ていたが特に変わった状況は起きなかった。だとすればあの〈ペウレの魔石〉はとんでもない効果を秘めていると言える。

だが、しかし……。

「リュージさん、もしかして私たち、あの石が埋まっている限りは毎日種を蒔けば、もうお腹を空かせることは無くなるんでしょうか?」

ラナは聡い子で、〈ペウレの魔石〉の有効な使い方を理解したようだ。確かに今日起きた現象だけ見ればそう考えるのは正解だろう。

ただし、それは土の栄養を度外視した場合だ。

「残念だけど、ラナ、それは無理だ。あの石は土に含まれる水と栄養を根こそぎ吸い上げてしまうようで、いつかは何も育たない土になってしまう」

先ほどレーネに土を確認してもらったところ、昨日よりも状態が悪くなっており、このまま種を蒔いても育たないだろうと言われた。そこから推測するに、あの魔石は土の水分と栄養を無駄なく作物に与える効果があると見ていい。

「……えいよう?」

「ラナたちも大きくなるにはたくさん食べないといけないだろう？　野菜を育てるためには、土にも色々と食べさせないといけないんだ」

栄養の意味を理解していない姉妹へ、分かりやすいだろうと思った例えを用いて説明してあげると「土もおっきくなるのかな？」と見当違いの答えに辿り着いていた。……ま、まぁ、いずれちゃんと分かるように説明してあげるか。

ちなみに土の栄養云々は畑を手伝っていた時に教えてもらった。確か葉肥、実肥、根肥があるのだったか。

「となれば、リュージさん。私の出番ですか？」

レーネは錬金術師なので当たり前に理解したようだった。そして俺が言わずともきちんとその先まで見据えてくれたらしい。

「その通り。土へ栄養を与える薬とか、作れるか？」

「はい、土壌改良薬なら森に行けば当たり前に見つかる材料で作れますね」

「話が早くて助かる」

俺には〈ペウレの魔石〉の効果で作物の生育を早めることはできても、畑自体に栄養を与えることはできないからな。適材適所だ。あとは水だが、まあこれは地道に井戸から運んでやるしかないだろう。

「そうだ、ラナ、レナ。あの石は二人にあげよう」

「えっ、本当ですか⁉」

ラナは俺の提案に嬉しさのあまり飛び上がった。銀色のおさげがぴょこぴょこ跳ねて可愛らしい。

「ああ、その代わりに頼みがある」

「頼み、ですか？」

「たのみ？」

二人は仲良く首を左に倒している。あまりの可愛らしさに横でレーネが変な声を出しているが、聞かなかったことにしておこう。

「リュージさん、頼みって何でしょう？」

横で何やら悶《もだ》えているレーネを放っておいて、俺は畑の一角を指さした。

「ああ。二人の畑の一部をレーネに貸してほしい。彼女は錬金術師というお薬を作るお仕事をしているので、色んな植物を育てる必要があるんだ」

「そんなことでしたら、はい！　もちろん構いません！」

あっさり快諾してくれた。一日で野菜を育てられることに比べれば十分すぎるほどお釣りの来る取引だろうしな。

「あっ、でも……」

「……ん？　何か困ったことでもあるのか？」

ついさっきまで喜んでいたラナが顔を曇らせたので、俺はしゃがんで目線を合わせてから尋ねてみる。スズが小さい時もこうしていたので子供の相手は慣れているのだ。

「はい……。実は去年の秋頃から、森から猪たちが来るようになったんです。また被害があったら……」

「……なるほど」

それは確かに由々しき事態だ。作物の被害もそうだが、ラナたちが猪と鉢合わせでもしたら大怪我どころか、最悪死ぬかもしれない。

ならば、採る手段は一つだ。

俺はいったん外に出て辺りを見回した。後ろからレーネたちも付いてくる。

「ちょっと皆、俺から離れていてくれ。えーっと……この辺なら良さそうか」

「リュージさん、何をするんですか？」

「まあ、見てのお楽しみだ」

興味津々《きょうみしんしん》なレーネにそう答えつつ、俺は腰のマジックバッグから親指大の魔石を取り出し魔力を籠めて、堆《うずたか》く積んである土の上へ静かに置いた。

すると、すぐに反応はあった。魔石を中心として周りの土がベタベタとくっついていき、段々と人の形を取り始める。

そして最終的には、体高二メートル超はあろうデカいマッドゴーレムができあがっていた。

「えっ……ゴ、ゴーレム⁉」

何やらレーネが驚いていた。あれ？　錬金術師ならゴーレムの創造は珍しくないと思うのだが。何か驚くことがあっただろうか？

「ああ、〈泥核《でいかく》の魔石〉を使ったマッドゴーレムだ。……我、リュージが命名する。お前の名前は〈スプリガン〉だ。スプリガンに命ずる、植物を踏み荒らさぬよう、目の前に広がる畑に立ち入り、人と植物を害する獣を追い払え」

『まっ』

目も鼻も口も無いスプリガンはどこから出しているのか分からない声を発した後、畑の真ん前まで歩いていき、そこで仁王立ちした。これで大丈夫だろう。

「……ん？」

見れば、ラナとレナがあんぐりと可愛い口を開けてスプリガンの方を見ている。……だけでなく、レーネまでもが呆けている様子だが、はて？

「……リュージさんの付与術は、ゴーレムまで創れるのですね……」

「……錬金術師だってゴーレムとかホムンクルスとか創るだろ？」

「いえ……あんな簡単に創られると、錬金術師の立つ瀬が無いと言いますか……」

何やら肩を落としてぶつくさ言っている。ゴーレム生成の媒体となる魔石だって決して簡単には作れないのだが。まあ、まだ〈泥核の魔石〉のストックはあるのだけれども。

「ん？　どうした？」

ちょいちょい、とレナが俺の腰を突いたので、再びしゃがんで目線を合わせる。こてん、と首を傾けて、レナがスプリガンを指さした。

「……まもの？」

「ああ、違う違う。アレはゴーレムと言って、魔術による創造物……って言っても分からないよな。まあ、簡単に言えばレナたちの味方だ。猪などの獣以外は襲ったりしないから安心してくれ」

「おー」

分かってるのか分かってないのかよく分からない答えを返したレナだが、とりあえず自分へ危害を加えないということについては理解したらしく、ぺたぺたと物珍しそうにスプリガンへ手で触れていた。

「でも……畑の一部を使わせてもらえるのは嬉しいですけど、あまりにもリュージさんに利が無いような気がします……」

「いやいや、俺とレーネはもはや一蓮托生なんだし、そこは気にするところじゃないと思うぞ」

錬金術師らしく個と個の等価交換に拘《こだわ》るようだが、俺の利益はレーネの利益、レーネの利益は俺の利益になるのだ。だから問題はない。

しかしレーネはというと、俺の返答を聞いた直後、何故か耳まで真っ赤になって俯き、両手の指をちょんちょんと合わせ始めた。

「え……え？　一蓮托生って……、まさか、プ、プロポーズ……？」

「……何を誤解しているのか知らんが、一緒に商売をする相棒、ってことだぞ？」

呆れて思わず半目になってしまう俺。どうもこのエルフは早とちりし易い。それともエルフの特徴なんだろうか？

「やっぱり仲良し夫婦だよねえ」

「ねー」

ラナとレナの言葉ももはや聞こえていないようで、レーネは瞳にぐるぐると渦を作り、頭から湯気を出しているのだった。


その後、採りきれない野菜がもったいないので商工ギルドに行ってトールさんに事情を話して来てもらったところ、彼は目の前の状況に驚き腰を抜かしてしまった。

応援を呼んでもらって夕方までかけて野菜を収穫し、必要な分以外は買い取ってもらうことで、まだ春だというのにラナたちは一年分の収入を得ることができたのだった。

第二章　付与術とはこういうものだよレーネ君

目の前に迫る錆《さ》び付いた剣は、あっさりと〈金剛《こんごう》〉の力で弾かれる。反対に左手の短剣で急所を突くと、あっけなくゴブリンの一体は力尽きた。

しかしそれでも、数ばかり多いゴブリンは魔術師にとって厄介だ。レーネにも〈金剛の魔石〉を持たせておいて正解だったな。

「ええと、この先分かれ道です。奥へ行くなら右ですが、左は少し開けた場所があります」

「ふーむ、どちらへ行くべきかな」

俺は背後で鉱山内部の地図を確認するレーネの説明にそう返しながら、次々と迫り来るゴブリンたちを突き殺していった。しかし本当に多いな。ベルン鉱山が廃坑になってから一年程度だというのにここまで増えるはずもない。たまたまゴブリンの大集団がここに居着いたと考えるべきか。

これだけ多いと辟易するが、やっぱり〈金剛の魔石〉のお陰で武器による攻撃を無視できるのは大きいな。たまに現れるゴブリンメイジだけはさっさと魔術を展開して仕留めているが。

「そうですねえ……、〈魔力感知《ディテクション》〉の魔術を当てにすれば、左の方にゴブリンが多いようですが」

「なら左。ゴブリン退治の依頼も受けてるし」

「分かりました」

さっさと地図を仕舞ったレーネが加勢し、通路のゴブリンもあっさりと片付いてしまった。

そりゃドラゴンとか仕留められる魔術までは使えないが、これだけ色々使いこなせるというのに金が掛かる錬金術師というだけでレーネを手放したマリエはただの阿呆《あほう》だな。

さて、新居の掃除を終えた後レーネに土壌改良薬を作ってもらい、ラナたちに留守を任せてから、俺たちはザルツシュタットから三日ほど歩いた場所にあるベルン鉱山へとやって来ていた。

魔石はもう採れないということではあるが、探知魔術でしっかりと確認すれば新しい鉱脈などが近くにあるかもしれない、と商工ギルドのギルドマスターに説明し、許可を得てここへと足を運んでいるのである。

ついでに近くのベルン村でゴブリンが家畜を盗む被害が多発していたので依頼を受けたところ、根城がこの鉱山――というオチだった。

「リュージさん、下級魔術でも結構威力が高いですよね」

さっきから短剣だけでなく下級魔術の〈氷弾《フリーズバレット》〉でゴブリンを駆逐しているのだが、レーネは普通の魔術師よりも威力が高いことに興味を持ったらしい。

「ん？　ああ、これ、杖のお陰」

「杖……？　古代遺物か何かですか？」

「いやいや、この杖には元々飾りの宝石が付いていたんだが、飾りだけにするのはもったいないので魔術の威力を増幅する〈賢者〉の付与をしておいた」

「そんなこともできるんですねぇ……」

感心したレーネが唸っている。まあ、普通はやらんだろうが俺はやる。〈無の魔石〉はあくまでコストがかからないために使っているだけなので、宝石だって付与には使えるのだ。

「お望みとあれば、レーネの杖にも付与を施そうか？　宝石付いてるだろ、それ」

「あ、お願いできますか？」

「了解、何の付与にするかは後で決めよう。……さて」

そんな会話をしているうちに広間へと到着した。寝こけてこちらに気付いていなかったゴブリン共を、レーネお得意の範囲魔術〈雷網《スパークウェブ》〉で一掃する。

俺も範囲魔術ならば〈火球《ファイアボール》〉程度なら覚えているが、さすがに坑内じゃ爆発するような魔術は使えない。その点レーネの電撃魔術は使い勝手がいいな。今度教えてもらうか。

無防備なゴブリン共が片付いたので、俺たちは広間を調べることにする。〈無の魔石〉はそれ自体が強い魔力を発しているので、魔術師にとっては感知し易いのだ。

でも、この広間の壁には残念ながら鉱脈が無かったようだ。ここもハズレか。

「……ん？　あれ？」

はて……レーネは、ここが行き止まりだと言っていたような気がするんだが……。

そんなことを思いながら、俺は奥に続く道を見つめて立ち止まっていた。

「なあ、この先って行き止まりじゃなかったたか？」

行き止まりだと思っていたら、何やら奥に通ずる……道、とも言えないような短い道を指し示し、俺はレーネへとそう問い掛けた。

「え？　道が続いてますか？」

レーネが慌てて取り出した地図と睨めっこしている。が、やはりそこには書かれていなかったらしく、かぶりを振った。

「地図に無いけど、空間があるな……もっとも、鉱坑の一部ではなさそうな気はするが……」

通常、鉱坑の中は崩落したりしないように柱と梁でしっかりと補強されているものだ。

だが、奥の道はそうではない。その痕跡すらも見当たらないのだ。

「ゴブリンが掘ったのか？」

「それは無いでしょう……」

ジト目で呆れられてしまった。冗談のつもりだったというのに。

「しかしそうなると、何故地図に無い空間が奥へと続いているんだ？」

「分かりません。……あ、いえ……もしかして……」

何やら気付いたらしいレーネが、広間と奥の空間との間を調べ、「やっぱりそうだ」と独り言ちた。

「リュージさん、この空間はおそらくですが、ここがまだ廃坑になる前には存在していなかったんじゃないかと思います」

「なんだって？　なら、本当にゴブリンが？」

知能の低いゴブリンに魔石の価値など分かるものでもないと思うのだが。それとも、邪術師辺りがゴブリンを使って掘らせたのか？

「いえ、ゴブリンではなく……、話は少し変わりますが、ザルツシュタットの港が壊れた原因を覚えていますか？」

「は？　何故その話？　確か港は、大地震で――」

そこまで言いかけた俺は一つの可能性に気付いた。そういうことか。

「つまり、この空間はその地震で繋がったと？」

「おそらくは。この辺りの壁土が柔らかいのがその裏付けですね」

なるほど、崩壊して繋がったというワケか。

……そうなると、否でも応でも奥の空間には期待が持てる一方、崩落するんじゃないかという恐怖もあるのだが。

「……ま、虎穴に入らずんば何とやらと言うし、奥の空間を見てみるとするか」

「はい、そうしましょう」

俺たちは虎の子供を見つけるべく、その空間へ足を踏み入れた。


「うわ、マジかよ」

思わずそんな言葉が漏れてしまった。

それも仕方の無いことで、その広間より少し狭い程度の空間には目指していた魔石の鉱脈がしっかりと存在していたのだ。虎の子供は本当にこの中に居たってことか。

「あっ、リュージさん！　まだ奥に道が続いてますよ！」

「うお、本当だ」

魔術光で照らしてみると、興奮気味のレーネの言う通りやや上り坂の道が続いており、その奥にも魔石の妖しい光を見つけることができた。いやこれ、予想以上の収穫じゃないか？　商工ギルドに報告したら金一封を追加で貰えるかもしれない。

「これ以上奥へ進むのは、今のところはやめておこう。崩落の危険もあるしな」

「そうですね、広間に戻りましょうか」

俺たちはそれ以上首を突っ込むことなく、広間へと戻った。これでザルツシュタットに魔石の供給が再開される可能性も出てきたな。

「他にも地震で通じた道があるかもしれないし、ゴブリンを掃除しつつ隈なく探してみるか」

「分かりま――」

レーネが言い終えるよりも早く、俺は彼女を抱き寄せていた。見ようによってはロマンティックなワンシーンだろう。

それをぶち壊すように直前までレーネが居た場所を大岩が通り過ぎて行き、壁にぶつかって大きな音を立てた。さすがにこんな威力のものが飛んでくれば、〈金剛〉も意味を為さない。いつものレーネだったら音で分かったはずなのだが、坑内は音が反響しているので遠くの音と聞き違えたか。

「え？　え？　え？」

状況を全く理解できておらず混乱しているレーネを岩陰に隠し、俺はその岩が飛んで来た場所を見る。

そこにはゴブリンよりも体躯の大きいホブゴブリン、だけではなく、その中でも一際図体のデカい、全身を鋼鉄のような筋肉に守られた存在が血走った目で俺を睨んでいた。岩を投げたのはコイツだろう。

「……さしずめゴブリンヒーロー、ってとこか。コイツが集団のボスか？」

俺は杖をレーネに託し、腰から抜いた二本の大ぶりな短剣を両手に持ち、仲間を殺され憤怒を表すゴブリンヒーローに向かって構えた。

俺の専門は付与術師ではあるが、武器を持って戦うこともきちんと『先生』から教えられているし、元々故郷で体術はやっていたので、こうして短剣を使いホブゴブリン共の急所を的確に突いて駆逐することなど造作も無いことである。

だが、ゴブリンヒーローはそう甘くはないらしい。〈鋭利《シャープネス》〉の一時付与を施している短剣でも、その身体には僅かな傷しか与えられない。困ったもんだ。

「ああもう！　数が多いです！」

「ぼやくなぼやくな、俺なんてその上デカブツまで相手にしてるんだぞ！」

レーネはというと、防御結界魔術で周りからの攻撃を阻みつつ、下級魔術を複数展開して反撃している。〈金剛〉は効いているものの、それを超える攻撃を食らってしまったら死んでしまうので一応結界を張っているんだろうな。しかしこちらも見事な戦いぶりだ。

「……おっと」

ゴブリンヒーローの振り回した斧をすれすれで躱《かわ》す。その斧は残念なことにヤツの味方だったホブゴブリンの頭をかち割っていた。なんだなんだ、俺たちは仲間の仇じゃなかったのか？

とか思ったが、その辺の理屈をゴブリン程度に求めてもおそらく理解はしてくれない。

そうこうしているうちにホブゴブリンの数も減っていく。どうも勝てないと踏んで逃げ出した者が多いようだ。この目の前に居るゴブリンヒーローのボスとしての人望が知れるというものだな。

「魔素よ！　私の下へ集いあの者を貫きなさい！　〈雷撃《ライトニング》〉！」

　そしてすべてのホブゴブリンが死ぬか逃げ出すかしたところで、レーネの杖の先から延びた一筋の電撃がゴブリンヒーローを貫いた。さすがにこれは効いただろう……と思ったのだが。

「そんな！　抵抗《レジスト》された!?」

　レーネが信じられないとばかりに叫ぶ。電撃を受けたゴブリンヒーローは、まるで効いていないかのように当たった部分をぽりぽりと掻き、彼女を嘲笑《あざわら》っている。

「……何やら首に着けてるな。アレか」

　ゴブリンには似つかわしくない煌びやかな首飾りが、その首に掛かっている。〈鑑定《アナライズ》〉を使っている余裕など無いので推測だが、〈抗魔《アンチマジック》〉を施した首飾りか何かだろう。

　となれば、魔術による直接攻撃は無駄か。レーネの魔術は効かない、俺の短剣では攻撃が通らない。傍から見たら詰んでいるように見えなくもない。

「ちっ！　せめてミノリが居てくれれば、こんな奴はなます切りにしてくれるんだが！」

　ミノリの二振りの魔剣、〈ペイル《貫け》〉と〈ヤーダ《抗え》〉ならば、俺の付与をプラスすればおおよそ切り裂けない魔物は存在しないとまで言ってもいい。しかし居ないものはどうしようもない。

……あの魔石を使ってもいいんだが、坑内で打撃系の攻撃は行いたくない。万が一コイツが吹っ飛んで壁に激突でもしたら、落盤だって有り得る。

「レーネ、何か使えそうな薬とか無いか⁉」

「今持っているものだと、爆薬や毒薬なので坑内で使うには危険があります！　こんなことならば、氷漬けにできるような薬でも持ってくるんでした……」

そんな薬まで作れるのか。氷漬けにできるって凄いな。どういう成分が含まれているのやら。

「……ん？　待てよ？　氷漬け？」

俺は一つの攻撃手段を思いつき、斧を躱しながらそのプランを練ることにした。

ちらりと奥の道を見る。……うん、風が吹いている。さっき覗いた時には鉱脈の先に道が続いていたし光も見えた、一か八かだが、行けそうだ。

「ならレーネ、〈抗魔〉が干渉しないような足止めできる魔術か何かあるか！　この奥へ進む！」

「え、えぇっ⁉　あることはありますが、奥が行き止まりだったらどうするんですか⁉」

「大丈夫だ、俺を信じろ！　お前と俺は一蓮托生なんだ！」

斧を躱しながら、泣きそうなレーネに向かって自信満々にそう返答する俺。何も策が無いワケじゃ無いので安心してほしい。

「も、もうっ！　知りませんよ！」

また誤解しているのか頬を赤らめて、俺の知らない魔術の詠唱に入るレーネ。……おっと、ゴブリンヒーローが彼女の方へ向こうとしたので、俺はすかさず渾身の突きをそいつの脇腹に入れてやった。

さすがにそれは効いたらしく、絶叫をあげるゴブリンヒーロー。とはいえ致命傷にはほど遠いのですぐに短剣を生やしたままに怒りに任せて斧を振り回したため、俺はバックステップでそれを躱す。危ない危ない。腕を持っていかれるところだった。

「地の精霊よ、あのゴブリンの足元を緩めて！　〈泥枷《マッドスネア》〉！」

レーネの魔術が展開された直後、ゴブリンヒーローの足元の土がぬかるみ、足首まで沈み込んでバランスを崩した。なるほど、これは魔術といっても精霊魔術だ。土に干渉するものなので抵抗できなかったのか。

それを確認した俺は、マジックバッグから一つの魔石を取り出し魔力を籠め、足を取られて動けない間抜けに向けて放り投げた。

「よし今だ、行くぞ！」

杖を回収し、レーネの手を引っ張って奥の道へと突っ込む。背後でゴブリンヒーローが何やら吠えているが、構わずに走る。

直後。

背後から強い光が俺たちを追い越し、背中に強い冷気が襲ってくるのが分かった。

「わっ⁉　な、なんですかーーーーっ⁉」

「いいから走れ！　凍死するぞ！」

背中から襲い来る冷気から逃げるように、俺はレーネの手を千切らんばかりに引っ張りながら奥の道を登って行った。


迫る冷気から上へ逃げること一分程度。俺の予想していた通りに道は別の出口に通じており、俺たちは山の中腹に顔を出していた。数時間ぶりに拝んだ太陽の光が眩しい。

「えぇ……？　こっちにも出入り口があったんですね……」

体力の乏しいレーネが息を切らしつつ驚いている。前から思っていたが、このエルフは運動が苦手なようだな。そのうち体術でも教えて鍛えてやるか。

「光も見えりゃ風も吹いてたしでもしやと思ったが、やっぱり地震でこちらに繋がっていたな。硫黄の臭いがするが、火山が近いのか？」

「そうですね、バイシュタイン王国南部は火山が多いですから。だから大地震もあったんでしょう」

火山地域と地震には関係があるらしいからな。俺の故郷サクラもそうだった。

「それにしても、リュージさん。先ほどの冷気は何だったんですか？」

呼吸の落ち着いたレーネが、興味津々とばかりに尋ねてきた。この辺の反応は魔術師というか、職人というか。らしい反応と言っていいな。

「アレはベッヘマーで俺たちがザルツシュタット行きを決めた時に見せた〈酷寒《こっかん》の魔石〉の力だ。発動させれば光と共に強い冷気で周りを凍結させることができる、まあ地味だが滅茶苦茶強い付与がされた魔石だ」

一度発動させれば周囲数十メートルを凍結させる、俺の虎の子その二だ。もう使ったので力を失ってしまったが。

「〈酷寒の魔石〉……ですか。純粋な魔力によるものであれば、ゴブリンヒーローには効かないのではないですか？」

「ああ、レーネ。それはたぶん付与術を誤解している」

付与術は確かに魔術によるものだが、その力は自然の摂理に訴えかけて引き起こすものだ。どちらかというと魔術より自然の力を応用した技術、といった方がいい。

あの〈酷寒の魔石〉については日頃から周りの自然の力を溜め込み、作成から時間が経つほどに放つ冷気の量が多くなる。さっき使ったものに至っては一年以上前に作ったものだ。効果のほどは推して知るべし、である。

そしてこういった『発動型』の魔石は〈金剛《こんごう》の魔石〉のような『持続型』と違い、一度使えば力を失うものの、再び自然の力を溜め込めば使用できるようになる。

そんなことを説明してあげると、レーネは興味深そうにぴょこぴょこと長い耳を動かした。可愛い。

「そうなんですね……、魔術の一端でありながら自然の力を使う……。錬金術と似ているかも……」

「そうだろ？」

錬金術も魔術の一端でありながら、その実態は材料の力に依るところが大きい。付与術も錬金術も、あくまで魔力は力を呼び起こす媒介にすぎないのだ。

「さて、そろそろ戻るか。残ったゴブリン共を駆逐しないと」

「え、中は氷漬けになっているんじゃないんですか？　今行ったら、私たちも凍死しちゃうような」

不安げにそう零すレーネに、俺は一つの魔石を手渡した。

「これは？」

「〈常温の魔石〉。持っている限り自分の体温を適切に守ってくれる。ゴブリンヒーローが死んでいるのを確認したら、〈熱波の魔石〉で逆に冷気を散らしてしまおう」

「錬金術師並に色々と便利なものをお持ちなんですね……」

どこか呆れた様子で、大きな溜息を吐いたレーネであった。

広間に戻ったら、やはりというか何というかゴブリンヒーローは力尽きていた。仮死状態になっていたら温度を戻した時に復活しかねないので、首飾りを外し〈抗魔《アンチマジック》〉の効果を除去してから魔術でしっかりとトドメを刺しておく。

坑内の温度を戻し、ゴブリン共の死体から文字通りに魔物の核である魔核を回収していく。死体は……まあ、運びようもないので今のところは放置しておくしかない。ここが山の上の廃坑でかつまだ春先なので、すぐには腐らない……とは思うが。

その後残党のゴブリンもすべて片付け、坑内も隅々まで探索し終えた。そうして崩落して通れなくなっている箇所や新たな道なども含めたマッピングが完了したのは翌日の夕方であった。

「只今帰りました、アンネさん」

「戻りましたー」

俺とレーネの二人は鉱山を出た後ベルン村に立ち寄り、「根城に居たゴブリンはすべて退治したが、逃げた個体が居る可能性もあるので十分用心するように」と忠告しておいた。そのままザルツシュタットを目指し出発するつもりだったが、夜も遅かったので村に泊めてもらい、ありがたいことに歓待まで受けてしまった。

「あらお帰りなさい、〈アルテナ〉のお二人さん。お早いお帰りですね。ゴブリン退治はつつがなく終わったんですか？」

相変わらず人も少ないのでアンネさんは暇を持て余している様子だった。近場の冒険者ギルドがこんな調子であればゴブリン退治の依頼も中々受けてくれる人が居ないだろうし、被害が出ていてもすぐに対処ができなかったのかもしれないな。あそこまでゴブリンが増えた理由はそれか。

ちなみに〈アルテナ〉というのは俺たちのパーティー名だ。冒険者ギルドでは複数人で活動するにあたりパーティー名が必要となるので、古代語で「職人たち」という意味の言葉から採ってみた。

「つつがなく、ではありませんが、まあ、終わりました」

「え？　どういうことです？」

首を傾げるアンネさんに、俺は無言でゴブリンヒーローの魔核を取り出し、カウンターの上に置いた。

「あ、大きな魔核ですね。ホブゴブリンまで居たんですか？」

「いえ、ヒーローです。ゴブリンヒーロー」

「……は？」

俺の言っていることが一瞬理解できなかったらしいアンネさんは目を点にしていたが、慌てて〈鑑定《アナライズ》〉の魔術で魔核の確認を始めた。それにより、元の魔物がどれほどの力を持っているか把握することができるからだ。

「……仰る通り、この魔核はゴブリン族特有のもので、ヒーローと判断できるほどの力を持っていますね……」

「やっぱりヒーローで合ってますか」

申し訳なさそうなアンネさんに淡々と返す俺。ゴブリンヒーローが居るような依頼は、普通第四等とかそれ以上のパーティー向けのものだ。今回は第七等の依頼だったのでギルドの下調べが甘かったと言わざるを得ない。下手をしたら低い等級の冒険者が向かって死人が出ていた可能性があるしな。

「ちなみにホブゴブリン、ゴブリンメイジも含め、まだまだ魔核はあります」

「ちょ、ちょっと待ってください！　応援を呼んできます！」

マジックバッグからざらざらと魔核を取り出した俺に、アンネさんがストップを掛けて扉の奥へと消えて行った。その間に、なんだなんだと物珍しそうに周りから冒険者たちが集まってきてしまった。

「さっき、ゴブリンヒーローの魔核とか言ってなかったか？　倒したのかアンタ？　……って、その腕輪、第三等冒険者!?」

「ねえ、こっちの子も第三等みたい！」

「マジかよ！　アンタたちすげえな！」

「わ、わ、わ」

周りから一斉に憧れの視線を向けられ、レーネがぐるぐると目を回している。集まってきた冒険者たちは、皆高くても第六等とかその程度だった。そりゃ第三等は珍しく映るよな。

「お待たせしました！　はいはい！　〈アルテナ〉のお二人以外は散ってください！」

奥から二人の職員を呼んできたアンネさんがぱんぱんと手を叩くと、集まっていた皆は残念そうにその場から離れて行った。

「後で話を聞かせてくれよ！」

「おう、けど今日は疲れてるんで、また今度なー」

俺と同い年くらいの第六等冒険者の男に手を上げてそう返す。同じ冒険者同士だ、そのうち組むかもしれないのだから、仲良くしておくに越したことはない。

「それにしても、等級の高い冒険者は珍しいのか。ベッヘマーでは第二等まで居たというのに」

「利便性が悪くなってしまいましたからねぇ、等級の高い方々は街を出て行かれたのですよ……」

魔核を鑑定しながらアンネさんがぼやく。だとすると、高等冒険者向けの依頼などは滞っていそうだ。

だが俺たちはあくまで生産がメインの付与術師と錬金術師だ。誰か他に高ランクの冒険者が来てくれれば――

「あーっ！　見つけたーっ！」

ぼうっとアンネさんたちの作業を眺めていたら、とても聞き覚えのある声が入り口の方から響いて、俺は咄嗟に振り向く。

ああ、来たのか。早かったな。

「よお、ミノリ。長旅お疲れさん」

振り向いた先には、背中に二振りの魔剣を差した、身長以外はとても発育の良い栗色のショートボブの髪の少女が、嬉しそうに俺のことを指さしていたのだった。

魔核の確認が終わり、レーネの書いた報告書と照らし合わせて虚偽も無いと判断されたので、上乗せされた依頼料を受け取った俺たちは早々に冒険者ギルドを出てもう一つの依頼元である商工ギルドへと向かっていた。

俺たちがアンネさんたち職員の確認を待っている間、第二等の冒険者を物珍しそうに見ていた先ほどの冒険者たちも、兄妹の再会に気を遣って話しかけずにいてくれた。空気の読めるヤツらだ。約束通り今度一緒に飲みながら話でもするか。

「ミノリ、知っているとは思うがこちら元〈アンジェラ〉のレーネ、錬金術師だ」

「どうも、ミノリさん。初めましてではないですよね」

商工ギルドへの道すがら、ミノリに新しい相棒の紹介をしておいた。にっこりとミノリへ微笑むレーネだが、まだ〈アンジェラ〉の名前を出した時に固まっていた辺り、そう簡単にトラウマは拭えないらしい。

「うん、一度一緒に依頼をこなしたことはあったよね。あたしのことはミノリでいいよ」

「あ、じゃあ、私もレーネで」

ミノリから差し出された手を、レーネが握り返す。そう言えば〈アンジェラ〉と合同の依頼があったと聞いたことはある。俺はその時参加していなかったが。

「リュージ兄の手紙に書いてあった『知り合った錬金術師』って、レーネのことだったんだね」

「ああ、レーネも俺と同じくパーティーから追放されたんだよ。意気投合してその日にザルツシュタット行きを決めた」

「相変わらず行動早いね、リュージ兄は……」

呆れられてしまったが、二人で傷を舐め合い腐っていても仕方ないからな。

「思い立ったら慎重かつ大胆に即行動、ってのは『先生』の言葉だろ？」

「そりゃそうだけどさ、レーネも巻き込んでるんだから。ごめんね、強引な兄貴で」

兄の不始末をお詫びします、とばかりにミノリがレーネに向かって頭を下げる。小柄な身体が更に小さく見える。

「ううん、私も助かったし、気にしないで」

「そうだぞミノリ、気にするんじゃない」

「リュージ兄が言うなっ」

そんな風に談笑をしながら、冒険者ギルドからそう遠くない商工ギルドへはすぐに到着した。

「おや、リュージさんにレーネさん、こんにちは」

「トールさん、こんにちは」

商工ギルドに出向している、俺たち二人に賃貸物件を紹介してくれたお役人のトールさんが受付窓口に居た。受付業務まで兼務しているのか、この人は。

「リュージさん、レーネさん、ありがとうございます」

藪《やぶ》から棒に、いきなりトールさんから感謝された。いったい何のことだか思いつかない俺たちは、顔を見合わせる。

「何のことです？」

「ラナちゃんたちのことですよ」

不思議そうに尋ねたレーネに、トールさんは顔を綻ばせて答えた。ああ、そのことか。

「でも、いったいどうしてラナちゃんたちの畑はあんなに生育が良くなったんですか？」

「秘密です。付与術と錬金術の為せる技とでも言っておきます」

あの魔石の秘密がバレたら盗まれかねないからな。ラナたちにも絶対に口外するなと固く口止めをしておいたのだ。万が一バレても魔石を奪われないよう、二人の知らない場所に埋め直しておいた。

まあ、魔力感知ができれば見つかってしまうのだが、その辺はゴーレムを増やして新たに魔石を護るよう命令しておいた。付与術で強化してあるし、そうそう負けないだろう。

「そうなんですね……、まさか、付与術と錬金術で彼女たちの台所事情が解決するなんて思いませんでしたよ。獣避けにゴーレムまで創ってもらってますし、ラナちゃんたちは安定した供給元として商工ギルドのお得意様になるでしょうね」

「まあ、ラナたちが腹を空かせないように俺たちにできることをやっただけですよ、なあ？」

「はい！」

レーネも感謝されていることが嬉しいらしく、同意を求めると喜びを隠せぬ様子で頷いた。役立たずと追放された俺たちが、こうして誰かの役に立っていると自覚できることほど嬉しいことは無い。

……とはいえ、少し不安はある。ラナたちの畑だけ生育が良くなっている反面、他の農家の畑はどうかというと、全く影響が無かったようで。

種を蒔いてから一日で収穫できる畑があったら、他の農家にとってはたまったもんじゃないだろうからな。何とかしないといけないかもしれない。

「あ、すみません、私情を差し挟んでしまって。本日はどのような御用向きですか？」

「ああ、商工ギルドからベルン鉱山の調査を請け負っていたので、その結果報告に。かなり良い情報が伝えられますよ」

「そうなんですね！　担当者をお呼びしますので少々お待ちを！」

先日とは比べものにならぬほどに活き活きとした様子で、トールさんは鉱山の担当者を呼びに行った。

その後、大地震の影響でベルン鉱山に大きな鉱脈が現れていることを作り直した地図と一緒に担当者へ説明すると、大きな発見だと言われ、期待していた金一封は確認の後に頂けることになった。

金一封の額こそ些細なものだったけれども、この情報が確かならば再び採鉱が行われるようになると聞けたのが一番の収穫だった。これで〈無の魔石〉の確保ができるようになるかもしれない。

「お待たせ、ミノリ。退屈だったろ」

「ううん、色々商工ギルドの見学をさせてもらったし、退屈じゃなかったよ」

待たせていた間に、ミノリは暇そうにしていたギルド職員を捕まえてそんなことをしていたらしい。「剣士でも知識は無駄にならないので、知ることに貪欲になれ」というのは『先生』

の言葉だ。体現していたんだろう。

　俺たちは商工ギルドを出ると、日の傾き始めた街の大通りを、新居のある郊外へと歩き始めた。今日はミノリに泊まっていってもらうか。

「そう言えば、さっき来る時は聞く暇が無かったが……スズは一緒に来なかったのか？」

「あー、スズはね。まだ借りてる魔術書が読み終わってないから、後から来るって言ってた」

「そうなのか」

　魔術書が理由だというのは、何ともスズらしい。そこまで勉強熱心だからこそ、大陸でも最年少で第二等の冒険者となっているわけなのだが。

「そうだ、一応聞いておくが、ミノリは今日ウチに泊まっていくんだろ？」

「へ？　なんで？」

　当然のように聞いてしまったが、首を傾げ逆に尋ねられる俺。あれ、違うのか。

「あれ？　ならミノリは今晩どうするんだ？　このまま俺たちの工房に行ったら、夕方になっちまうぞ？」

「うん、そうだけど？」

　いくらミノリが凄腕の剣士とはいえ、年頃の少女が夜道を一人で歩くなとは常日頃から言っているはずだが、何故だか義妹は困惑した様子で頷いている。

　……なんだか、話が噛み合っていないような。

「……あ、分かりました」

ぽん、と手を叩いたのはレーネ。この話の流れに第三者からしか分からない意味があったというのだろうか？

「ミノリはつまり、工房に住む、と言いたいんでしょう？」

「うん、そうだよ？」

「え」

レーネの確認に、当たり前だとばかりに頷くミノリ。俺はというと、間抜けな声をあげてしまった。

「お、おいおいミノリ、本気か？」

「本気だけど？　あ、ごめん。もしかして二人の愛の巣だった？　それならあたしはお邪魔だから、今後は宿に泊まるけど今晩だけは――」

「違う、そうじゃない」

何やら誤解を始めたミノリを慌てて止める。この手の話には免疫が無いのか、レーネは顔を真っ赤にして俯いてしまった。どうしてこんな話になった？

「そうじゃなくて、ミノリ、お前まさか冒険者としてこの街に留まるつもりなのか？」

「うん、そうだよ？」

再び「何言ってんのリュージ兄」みたいな顔で言われてしまった。

つまり話をまとめると、ミノリはベッヘマーからザルツシュタットに異動し、ここで冒険者として活動していく、らしい。

「スズもそのつもりだしね。リュージ兄の居場所があたしたちの居場所、ってこと！」

「……そうか」

若き第二等冒険者がこんな寂れ始めている街を選ばずともいいだろうに。まったく、ブラコンにもほどがある義妹たちだ。少しは兄離れをしてほしいものだが。

「あれ？　リュージさん、顔がにやけてますよ？」

「ホントだー！　リュージ兄、あたしたちが居て嬉しい⁉」

「……やかましい」

五月蠅いレーネとミノリにからかわれながら、俺は足早に自宅へと向かうことにしたのだった。


自宅に着いた俺たちは、早々にミノリが使う部屋を割り当ててから一緒にラナたちの様子を見に行くことにした。新しい住人、ということでミノリを紹介しなければならないしな。

「ベッドは今のところ二つしか無いからな、申し訳ないが、しばらくはレーネとミノリで一つのベッドを使ってくれないか？」

幸いにして前の住人が残してくれたベッドは二つとも大きい。レーネとミノリ、二人で一緒に寝たとしても問題無い大きさだ。

「いやいや、レーネはリュージ兄に託しますよ。二人の愛を邪魔したくはないですし——あ痛っ！」

俺は馬鹿なことを言っているミノリの頭上へと、軽く拳固《げんこ》を振り下ろしてやった。何やら「家庭内暴力だー」と文句を垂れているが、無視しておこう。

「ラナ、レナ。リュージだ。帰ってきたぞ」

俺は隣家の玄関のドアを軽くノックして、この家の小さな主人たちを呼んだ。

「ああ、ごめんなさい。今開けさせますね」

ところが返ってきた声はラナたちのものではない少女の声。

——だが、聞いたことのある声だった。

がちゃりという音と共に開けられた玄関のドアの向こうに居たのは——

「……ディートリヒさん？」

「はい」

俺たちが予想だにしていなかった人物は、俺の確認に軽く会釈をするように頷いた。

そこに居たのは……俺とレーネがザルツシュタットへ向かう道の途中、盗賊から助けた一行の一人、若き騎士のディートリヒさんだった。

そして、玄関の奥に続く台所付きの小さなダイニングでは、一心不乱に晩ご飯らしきものを食べているラナとレナの他に、一人の長いピンクゴールドの髪を持つ少女が、椅子に腰掛けこちらを向き座っていた。

「ごきげんよう。お待ちしておりました、お二人とも」

立ち上がった少女は、軽く膝を折り曲げてそう挨拶した。ディートリヒさんも胸の前に手を当て、こちらに向かって頭を下げる。俺たちも慌てて頭を下げた。

……ああ、分かった。

この少女は、あの時ディートリヒさんたちに護られていた人物か。

「ええと……これはいったい？」

レーネが代表して困惑の声をあげると、ディートリヒさんはちらりと背後の少女に視線を向ける。

「先日は名乗ることもできずに申し訳ございませんでした、リュージさん、レーネさん」

ディートリヒさんの言葉を受け、少女が自己紹介を始める。

「わたくしはツェツィーリエ・ライフアイゼン・フォン・バイシュタイン。この国の第一王女です。本日はお二人に依頼がありまして、ここまで足を運ばせていただきました」

御自らのとんでもない身分を明かしたツェツィーリエ様は、俺たちの驚愕《きょうがく》をよそに、そう言ってにっこりと微笑んでみせたのだった。

第三章　胃痛には粘土が効くらしい

「……お、王女殿下、で、ございますか……？」

「はい、そうです。……ああ、跪《ひざまず》かないで結構ですよ。楽にしてくださいませ」

声を絞り出したレーネと俺、ミノリが慌てて跪こうとしたところをツェツィーリエ王女殿下が止めた。

畏れ多いが王女殿下の命なので、ここは素直に従っておこう。

「わたくしは今、お忍びでやって来ているのです。呼び方もツェツィ、でお願いいたしますわ」

「……承知いたしました、ツェツィ様」

「はい」

……なかなかに難しいことを仰るのだが、命ならば仕方あるまい。ツェツィ様こそ両手を合わせてにこやかに微笑まれていらっしゃるが、ディートリヒさんの視線が若干痛い。

しかし、こうして王族に拝謁するなど考えてもみなかった。依頼と言ったか。

「依頼、と仰いましたが、まずそれを伺う前にお礼を言わせてください。ラナとレナにご飯を分けていただき、ありがとうございます」

二人が食べているのは、明らかに米だ。流通の滞っているザルツシュタットでは中々手に入りにくい品だろうに、栄養満点の米を育ち盛りの姉妹に分けてもらえるのはありがたいことだ。

「いいえ、どういたしまして。……と言っても、作ったのはディートリヒですけれども」

「そうですか……ディートリヒさん、ありがとうございます」

「いいえ、子供の食事に野菜だけではいけませんからね。きちんと米や肉も食べてもらわねば」

少し恥ずかしそうにしているディートリヒさん。騎士だというのに結構美味《うま》そうなご飯を作っている。俺も食べたい。

「ラナちゃん、レナちゃん、ご飯美味しい？」

「はい！　騎士様の作ってくれたご飯、美味しいです！」

「おいしー」

レーネの言葉に、嬉しそうにそう応える姉妹。それを見て、ツェツィ様のお顔も綻んだ。って、おっとっと。和んでいる場合ではない。ツェツィ様の依頼というのを確認しなければ。

「ラナちゃん、レナちゃん。私たちはこれから大事なお話があるので隣の家に向かうけど、残りのご飯もよく噛んで食べておくんだよ。それと片付けもしっかりね」

「はい！　ありがとうございます！」

「はーい」

ディートリヒさんの言葉へ元気に応える姉妹の声を確認してから、俺たちは隣の自宅へと向かうことにしたのだった。

「さて、そちらの剣士の方は初めまして、ですね？」

「は、はい！　あたしはリュージ兄の義妹でミノリと言います！　第二等冒険者です！」

普段人前で緊張などしないミノリも、王女殿下を前にガチガチになっている。まあ無理も無いよな。

「あら、リュージさんも第三等ですのに、更にその上なのですね。驚きましたわ」

さして驚いている様子も無いように見えるのだが、ツェツィ様が頬に右手を当ててそう言いながらミノリを注視している。

「そして、ディートについてもきちんと紹介しておかねばなりませんわね。彼はディートリヒ・フォン・シュタインバッハ。わたくしの護衛騎士で、最も信頼のおける者の一人ですわ」

「……もったいなき御言葉です」

言われたディートリヒさんが、ツェツィ様の方を向いて恭《うやうや》しく頭を下げる。さしずめ彼はツェツィ様の忠実なる騎士、といったところか。

「……さて、ツェツィ様。どのようなご依頼かお伺いしてもよろしいでしょうか？」

「ああ、リュージさん。それは私の方から――」

言いかけたディートリヒさんを、ツェツィ様が手で止める。

「いえ、ディート。わたくしのお願いなのですから、わたくしの口から説明させて頂戴」

「……承知いたしました」

ディートリヒさんは命に反することなく、そう答えてから沈黙する。

「……先に申し上げておきますが、今から説明する内容は、決して口外しないようお願いいたします」

「畏まりました。二人も、大丈夫だな？」

神妙な様子のツェツィ様に答えつつレーネとミノリの様子を窺うと、二人とも真剣な表情で頷いた。

しかし、口外するなということは王家の機密か何かだろうか？　身の丈に合わない依頼が降ってきそうな気がしないでもないが……。

「では、お話しいたしますわ。……実は先日、わたくしの父上が、病に倒れました」

「……ツェツィ様のお父君というと……国王陛下、ですか……？」

「はい、そうです」

レーネが驚愕に声を震わせ尋ねると、ツェツィ様は沈んだ声と共に頷く。

確かバイシュタイン王国のゲオルク国王陛下は、〈英雄王〉と呼ばれていることでも有名だったな。小国の王と侮られながらも、度々攻め込んでくる北東の山岳国家グアン王国に対し先頭に立って戦い、退けている豪傑だ。

「国民に対して情報は公開されていないのですが、現状、父上は床に臥せっているのです」

いかに体力が並々ならぬ豪傑と言えど、病には勝てなかったということか。

「……そうなのですね。では、依頼というのは、薬ですか？」

「その通りです。ラウディンガーの医者には診せたのですが、病名が全く分からず困り果てていたところに優秀な錬金術師の貴女《あなた》を思い出し、政を宰相に任せ、こうして自らお願いに参った次第です」

なるほど、俺ではなくレーネをご所望らしい。しかし、王都ラウディンガーの医者に診せても駄目だったとは、果たしてどんな病だというのか？

「も、もったいなき御言葉ですが……症状が分からねば私もお受けできません。陛下にどのような症状が現れているか、詳しくお教え願えますか？」

「はい、症状ですが……」

ツェツィ様から陛下の詳しい症状を伺っているうちに、レーネの表情は険しいものとなってゆく。

俺とミノリもその症状に心当たりがあり、顔を見合わせて頷く。

これは——病ではない。

「ツェツィ様、分かりました。それは病ではありません」

「えっ⁉　どういうことでしょうか⁉」

レーネの言葉は全く想定外だったようで、ツェツィ様もディートリヒさんも目を丸くして驚いている。

医者に診せた、と言っていたか。確かにこれでは医者の領分ではないだろう。何しろ――

「病ではなく、呪いによる症状です。司祭様か冒険者にお診せすれば分かったかもしれませんが、お医者様ですと難しいかと……」

「の、呪い……」

ツェツィ様は呆然としている。自分が全く見当違いの行動をしていたことにショックを受けているのかもしれない。医者と教会は仲が悪いからなぁ、医者も意地になって勧められなかったのだろう。

でも、呪いだと分かれば打つ手はある。

「呪いということは、教会の範疇になるのでしょうか？」

「そうですね、解呪となれば――」

「いえ、解呪なら付与術で可能です」

それまで話に加わっていなかった俺が自信満々にそう言ってみせると、全員が一斉にこちらを向いた。注目されてしまった。

「付与術で、ですか……？」

「はい。その程度の呪いであれば〈解呪の魔石〉を用いれば難なく解呪が可能です。手持ちが無いので作る必要がありますが」

「ぜひともお願いします！」

藁《わら》にも縋る思いなのか、ツェツィ様が胸の前で両手を組み、拝むようにして俺に懇願した。

まあ、教会に頼んでも儀式などで時間が掛かるからな、解呪には。

ただ、今すぐに作れるというものではない。

「……ただし、魔石の作成には材料が必要になります。新居に引っ越したばかりで、材料も手持ちが無いのです。明日集めて参りますので、お待ちいただけますでしょうか？」

「魔石の作成には、〈無の魔石〉以外の材料が必要なのですか？」

不思議そうに尋ねるツェツィ様に、俺は深々と頷く。

度々勘違いされがちだが、魔石作成は〈無の魔石〉以外にも材料が必要になる。熱を加える工程もあるので燃料や、そして付与の触媒となる植物など。錬金術並にとは言わないが、材料はそれなりに必要だ。

「はい、そうです。裏手に広がる森で採れると思いますので、ご安心ください。……レーネはレーネで、失われた陛下の体力を回復させる薬を作らないとな」

「そうですね、それは必要だと思います」

レーネもそこには思い至っていたのか、当然のように頷いてみせた。

さて、工房への初の依頼だ。陛下をお助けするために尽力するとしますか。

ツェツィ様とディートリヒさんにはそのままうちに泊まっていただき、翌日。

俺たちは自宅の裏手に広がる森の獣道を、材料を探しながら進んでいた。

「……しかし、本当によろしかったのでしょうか、ツェツィ様？」

俺は荷車を引きながら、背後の王女殿下に向かって呆れを隠すことなくそう尋ねた。何故かツェツィ様も、ご自身の杖を手にこの材料採集に同行することになったのである。

「当然です。わたくしがお願いしているのですから、人任せにはしたくありません。わたくしも働かせてください」

「はぁ……」

俺は鼻息の荒いツェツィ様に微妙な返事をしつつ、隣のディートリヒさんに視線を向ける。

諦めたようにかぶりを振っているな。どうやら王女殿下は責任感があって頑固なお方らしい。

荷車を引く俺と、鎧を身に纏い盾を持つディートリヒさんが先頭、その後ろにツェツィ様、レーネ、殿をミノリに任せて進んで行く。途中で見つけた材料を荷車に載せつつ、森の奥へと向かう。

「そう言えば、皆様はラナちゃんたちとは親戚なのですか？」

俺たちがラナたちの面倒を見ているのを不思議に思ったのか、ツェツィ様がそんなことを尋ねてきた。まあ、そう思われてもおかしくはないかもしれないが。

「いえ、俺とレーネはたまたまあの家を工房として選んだだけで、ラナたちは元から居た隣人だったんですよ」

そう言って俺が以前トールさんから聞いていたラナたちの事情を話してみせると、俺とレーネ以外の三人が顔を曇らせる。

「そうなのですね……。母親を亡くして、父親が蒸発……」

「よくある話ではあるのですけどね。不幸中の幸いなのは、あの子たちの面倒を見てくれていたトールさんという方が居たことです。こういうことで死んでしまう子供たちも、少なくないですから」

そう、俺と義妹たちだって『先生』に拾ってもらったからこそ今こうして生きている。だからこそ、与えられた恩は同じ境遇の子供たちに返していかなければ。

「トールさん、という方ですか。ディート、後でお礼を送っておきましょう。年端も行かぬ子供たちを助けてくれたことに、謝意を示さなければ」

「……ツェツィ様。失礼ながら申し上げます。トールさんはそんなことを望んでいないと思います」

俺も、ミノリが言うことに同意だ。トールさんみたいな人は見返りを望んでいるのではない。ただラナたちのような子供が減ってくれることだけを望んでいるのだ。

ツェツィ様もそれに気付いたのか、「失言でした、忘れてください」とだけ答えた。時には善意だと思ってやったことが、立場上相手を傷つけることだってある。すぐにそのことへ思い至れたツェツィ様も、きちんと民を思いやることができる方だと思う。

「皆さん、止まってください」

微妙な空気になったところで、レーネがそう声をあげ全員が足を止める。振り返ると、森の民でもある彼女はしゃがんで地面を確かめているようだった。

「レーネ、何か見つけたか？」

「はい。猪の糞があります。これは〈スレンダー・ボア〉ですね」

レーネが指を差した場所に、確かに大きな糞が落ちている。俺たちは気付かなかったというのに彼女が気付いたのは、エルフというより錬金術師として鼻が良いからだろうか？

「糞だけで猪の種類まで分かるとは、さすがはエルフだねぇ」

「……まあ、森では珍しくもない種類の猪だからね」

おや、感心していたミノリに対して、レーネはというと複雑な表情をしている。猪に何か嫌な思い出でもあるのだろうか？

「〈スレンダー・ボア〉というのはどのような猪なのですか？」

そんな空気に気付いているのかいないのかツェツィ様が尋ねると、レーネの様子はもういつも通りに戻っていた。気のせいだったか？

「大型ですが、名前の通り一般に思い浮かべる猪よりほっそりしています。性格は臆病、夜行性で、昼間人の気配があるところには近寄ってきません。ただ猪は猪なので牙を持っており、突進されたら命に関わりますので注意は必要ですね」

「大型の猪、か……」

それは危険だな。一応ディートリヒさんとツェツィ様には〈金剛《こんごう》の魔石〉を持たせているが、〈金剛〉の防壁が猪の突進まで受け止められるかは疑問だ。

「ディートリヒさん。念のためです、これを」

俺はマジックバッグから取り出した一つの魔石を、ディートリヒさんへと差し出した。

「これは?」

「〈豪腕《ごうわん》の魔石〉です。身体能力を高める魔石で、ミノリにも持たせています」

もし〈金剛〉で防御しきれない威力の突進を受けたとしても、〈豪腕〉の効果があるこの魔石とディートリヒさんの大盾があれば受け止めることができるだろう。

「ありがたい、お借りします。……おお、素晴らしい。身体が軽いですね」

「どうでしょう、近衛騎士隊に導入しては?」

「ははは、商魂たくましいですね。ですが普段も使っていると癖になってしまいかねないので、遠慮しておきましょう」

おっと残念、売り込みは失敗してしまったか。まあ、ミノリも同じ理由で普段は使っておらず、こうしたいざという時にしかこの魔石は利用しないようにしている。ストイックな戦士であるほど、こういった力には頼らないものなのだろう。

他にも使える魔石を手元に準備した後、俺たちは採集活動を再開することにした。

幸いにして猪などの危険な動物には遭遇することもなく、歩き続けた俺たちは海と繋がる塩水湖へと辿り着いた。

レーネが使う貝殻やたっぷり塩を含んだ水を汲んでから折り返し、往路では荷物になるからと集めなかった粘土なども回収して復路を進み自宅へと戻ることにする。

「粘土は何に使われるのでしょうか？」

「立派な薬の材料になるのですよ。人を治す薬にもなれば毒にもなります」

「このようなものがお薬にもなるのですか!?　錬金術というのは奥が深いですね……」

へぇ、何のために持って帰るのかと思えばこんなものが薬になるのか。ツェツィ様じゃなくても驚くよな、錬金術って凄い。

「錬金術と言いますか、普通に薬師の方でも使いますね。胃の調子を整えるお薬として使えるのです」

「そうなのですか……、ディートはよく胃が痛いと嘆いておりますし、試してみてもよろしいのでは？」

「……そう、かも、知れませんね」

ツェツィ様の全く悪意の無い御言葉に、ディートリヒさんが脂汗を流しながら答えた。……これはアレだな。胃痛の原因はツェツィ様なんだろうな。後で山盛りの粘土を用意されなきゃいいんだが。

「そうだ。粘土と言えばレンガが欲しいな」

「レンガ？　リュージ兄、家でも建てるの？」

いやいや何でだよ。家なら賃貸物件を借りたばっかりだよ。

「家ならアレで十分だろ……。そうじゃなくて、窯が欲しいなと」

「ああ、付与術のためね」

うむ、その通りだ。さすがに理解が早い。

「付与術に窯が必要なのですか？」

そう尋ねたディートリヒさんだけでなく、ツェツィ様とレーネも不思議そうにしている。まあ、魔石の作り方を知らない人からしたらそんな印象なのかもな。

「魔石作成では、〈無の魔石〉に基礎となる力を与えるために、植物などの材料と一緒に熱を加える工程があるのですよ。窯があれば、大量生産する効率が上がるのです。まあ、人の手が必要なポリッシュなどの効率はどうしても上がりませんが」

「なるほど……それで今回、材料となる植物をこうして採取していたのですね」

感心する三人。ミノリはいつも俺の作業を見ていたからよく知っているんだよな。本人に付与術のセンスは無いようだけど。

「でも、賃貸じゃ窯を建てるのは難しくない？」

「そうなんだよな……、金が貯まったら買い上げることも検討するか。まあ、レーネとも相談しないとな」

「そうですねぇ」

ミノリの言う通りだ。賃貸物件なので勝手に庭へ窯を増やすことはできない。レーネと話し合うにしたって、当の本人も今決められる話でないので苦笑しているし。


色々と話しながら作業をしていたら、いつの間にか復路で必要な材料も集め終わっていた。保険のために多めに採ったり他の魔石の材料も集めたりしたが、〈解呪の魔石〉を作るには十分すぎるだろう。

「材料は集まったのでしょうか？」

「はい、ツェツィ様。問題ありません。レーネも薬の材料には問題無いよな？」

そう尋ねたのだが……返事は無い。振り返って見ると、レーネはすんすんと鼻を動かしながら、険しい表情を浮かべている。

「……レーネ？」

「獣と血の臭いがします。前の方だと思います」

なんだと？

それを聞いて、ディートリヒさんが大盾を構えて俺の前に立ち、慎重に歩みを進める。俺たちもその後をゆっくりついていく。

やがて、その臭いの元が判明した。

「これは……〈スレンダー・ボア〉？」

「の、死骸ですね……」

俺の言葉を補足するようにレーネが続け、しゃがんで猪の傷を確かめ始めた。

「……大型の獣……爪痕と牙のサイズからして、おそらく熊によるものですね」

「熊がいるのか……」

まあ、そりゃあ猪を捕食するような獣だ。魔物でなければ熊くらいだろう。

「でも、おかしいですね……」

立ち上がったレーネは、華奢《きゃしゃ》な身体が多いエルフにしてはそれなりに豊かな胸の前で腕組みをして考えている。何か思うところがあるらしい。

「この猪の死骸ですが、食べかけなんです。爪痕から想像できるような大型の熊であれば、もっと食べ尽くされているはずです」

「……食べかけ？」

「はい。まるで、まだ捕食中の――」

そこまで言いかけたレーネが、ハッと何かに気付いたように、何の変哲も無い草むらの方を指さす。

「ディートリヒさん！」

「心得ました！」

レーネが叫んだ時点で、草むらから音がしていたので俺たちも気付いていた。咄嗟にディートリヒさんがその音のする方向へと盾を構える。

刹那、草むらから現れた巨大な何かの突進を受け、ディートリヒさんの大盾から轟音が響く。

「ぐぅっ⁉」

かなりの衝撃だったようだが、〈豪腕〉の効果もあったためにディートリヒさんは踏みとどまっている。

しかし――

「……こりゃ、デカいな」

俺は目の前で仁王立ちしている、体高三メートル強はあろう巨大熊を見上げ、呆然とそんな言葉を絞り出したのだった。

「しっ！」

ディートリヒさんが巨大熊の攻撃を受けた直後、音速で飛び出したミノリが二振りの魔剣〈ペイル〉《貫け》と〈ヤーダ〉《抗え》でその太い右前肢を斬り裂いた。

魔剣は古代語のその名に相応しい切れ味を誇っている。……が、普通の獣であれば斬り飛ばされているであろう右前肢には、僅かな傷しか付けられていなかった。嘘だろ？〈豪腕〉まで付与されているミノリの斬撃だぞ？

「ちっ！　なんだこいつ、堅い！」

舌打ちしたミノリは巨大熊の背後へと回り、首を飛ばそうと一閃を放つ。だが、鈍い音と共にそれは阻まれてしまい、熊の首には傷一つ与えることができなかった。

ふと、熊の胸元を見る。剛毛でよく見えないが、僅かに角張った何かが貼り付いているのが見えた。アレは――

「ツェツィ様、一緒に下がってください！　この熊は普通じゃありません！　合成獣《キメラ》です！」

レーネがそう言って荷車から離れ杖を構えた。一匹、あるいは複数の動物を錬金術で合成し魔物化させた存在。それが合成獣だ。

合成獣は術師の管理下に置かず放置することはどの国においても禁じられた行為のはずだ。どこの馬鹿がやらかしたのかは分からないが、熊を合成獣化するなんて厄介すぎるだろ！

「ミノリ、気を付けろ！　この熊、傷が再生してる！」

「えっ⁉」

俺の言葉に巨大熊の右前肢へと視線を向けたミノリが、信じられないものを見たとばかりに目を見開いた。確かに、目で見て分かる傷があった熊の右前肢には、既にその痕跡すら見えない。

巨大熊はというと、まるでミノリの斬撃など気にしていないように咆吼《ほうこう》をあげ、ディートリヒさんへと鋭い爪を振り下ろした。あまりの力に〈金剛〉は役に立っていないようで、盾から鈍い音が響いた。

「魔素よ！　私の元へ集いあの熊を貫きなさい！〈雷撃《ライトニング》〉！」

「炎の矢よ！　あの熊の面で燃え盛りなさい！〈火矢《ファイアアロー》〉！」

一筋の電撃が熊の胸を直撃し、炎の矢が巨大熊の顔面を直撃して燃え盛る。電撃はレーネのものだが、炎の矢は意外なことにツェツィ様の攻撃だった。王女殿下とはいえ、身を守る術は心得ているということか。

だが、電撃はまるで効果が無かったようだし、巨大熊が軽く首を振り払っただけで火は消えてしまった。普通であれば、五秒くらいは消えずに持続するのだが……。

「魔術的な防御機構も持ち合わせているってことか。ミノリ、戻れ！〈鋭利《シャープネス》〉を付与する！」

「分かった！」

俺の指示を受けたミノリは熊の攻撃範囲に入らぬよう大回りしたものの、瞬時に俺たちのもとへと戻ってきた。どれだけあの熊に効くかは分からないが、武器の効果を高める一時付与の〈鋭利〉を魔剣に施しておかねば。

「ぐっ……、盾が保ちません！」

いかな近衛騎士の大盾と言えどあの巨大熊の攻撃を受けるのは厳しいらしく、ディートリヒさんが悲鳴に似た声をあげた。

ここでディートリヒさんの盾が壊れてしまっては瓦解してしまう。ミノリへ一時付与を施した俺は、耐える護衛騎士の背中に手を当てた。

「リュージの名において、この者が持つすべての物にその姿を戻す力を与えん！〈修復《リペア》〉！　……一時的に盾と鎧の時間を戻し修復を行いました！　時間が経てば効果は消えますが、もう少しだけ耐えてください！」

「かたじけない！」

こちらも一時付与であり、攻撃を受けすぎた盾は後で壊れてしまうだろうが、少しでも耐久力が戻ったことでディートリヒさんもまだ耐えられるだろう。

俺がディートリヒさんへ付与を掛けているうちに、ミノリが再び巨大熊の右前肢を狙い、今度こそ斬り飛ばす。……が、驚いたことにそれまでもあっという間に再生してしまった。

「嘘でしょ⁉」

ミノリが驚きに悲鳴をあげる。俺も目の前のことが信じられないが、事実なのだから仕方ない。

しかし巨大熊は今度こそミノリを脅威と感じたのか、彼女の方を向いて左前肢を振るった。慌てて義妹はバックステップしてそれを躱す。

「ミノリ！　後ろ肢を狙って！」

「分かった！」

まともに立てなくなることを狙っているのだろう。レーネの要請に応えたミノリが、右手の〈ペイル〉を斜めに振り下ろして巨大熊の左後肢を斬り裂いた。熊がバランスを崩す。

「ディートリヒさん、下がってください！」

そこへタイミングを合わせたかのように、レーネが巨大熊に向かって液体の入った瓶を投げつけた。

直後に、巨大熊の身体は轟音と共に燃え盛る。どうやらこの間俺がつむじ風を立ち上らせる〈旋風《ワールウィンド》〉の魔術を付与した爆薬だろう。それにしても凄い火力だ、天上まで焦がしそうなほど炎が立ち上ってるぞ。スズの魔術でもこうはいかない。

「なっ、ななな何ですか、この威力は⁉」

あ、ディートリヒさんがビビっている。近衛騎士までもビビらす威力だったらしい。やりすぎたか。

業火に塗れた巨大熊は、苦しそうに身を悶えさせる。強力な再生能力があれど、火を付けられればその能力は阻まれてしまうのだ。

やがて燃え盛っていた炎は消えてしまったものの、巨大熊の身体は全身が焼け焦げて再生の兆しが見えない。だが熊は口に泡を吹きながらなおも滅茶苦茶に爪を振るっている。俺たちは遠巻きに囲んでおり爪の届く範囲には居ないのにも気付いていないのは、目と鼻が焼かれ、周りの状況が分からないからなんだろうな。

しかし、見えていないならば好機だ。

「こいつでトドメだ！　くたばれ！」

熊がこちらを向いた瞬間を狙い、俺は懐から取り出した一つの魔石に魔力を籠めて投げ込んだ。

直後、ボン、と大きな音を立てた魔石から、黄色の粘液が熊の顔面に貼り付く。

「これは……スライム⁉」

驚いたディートリヒさんの言葉通り、これはただの粘液ではなく、スライムである。以前に迷宮で見つけたスライムを〈封魔の魔石〉に封じておいたのだ。

スライムが巨大熊の顔に貼り付く。熊はというと懸命にそれを剥がそうとしているものの、そこには至らない。

巨大熊は藻掻き続けるも、鼻と口を覆われてしまっているためにやがてよろよろとおぼつかない足取りとなり、遂には窒息したのかその場に沈んだのだった。

スライムを換えの〈封魔の魔石〉へと封じ直した後、俺たちは巨大熊の正体を調べていた。

「ふぅ、はぁ……。や、やっと魔核、取り出せた……」

「お疲れさん、ミノリ」

手を血と脂でべとべとにしたミノリが、泣きそうな顔で俺に魔核を手渡した。巨大熊の外皮が非常に堅かったため、当然ながら胸に貼り付いていた合成魔核を取り出すのも一苦労だったのである。〈鋭利《シャープネス》〉を付与した魔剣でなければ解体はできなかっただろう。

「大きな魔核ですね。いったいこの熊は何だったのでしょう？」

「分かりません。大きさ以外は、〈レッサー・グリズリー〉なのですが……」

ツェツィ様とレーネが、興味津々とばかりに俺の右掌に置かれた赤ん坊の頭ほどはある大きさの魔核を眺めている。王女殿下の仰る通り、こんなデカい魔核はそうそうお目にかかれるものではない。

レーネの言う〈レッサー・グリズリー〉は、大陸南部の広範囲で普通に見かける、熊にしては比較的小型な部類だ。こんなデカい図体はしていない。きっと合成獣化による影響だろう。

「ディート、念のための確認ですが、このような合成獣の目撃情報を聞いたことはありますか？」

「……いえ、全くございません。あれば小隊で討伐に向かうほどの存在です」

ツェツィ様もディートリヒさんも、聞いたことは無い。ということは偶然遭遇しただけと考えていいのだろうか？

「となれば、最近どこぞの馬鹿な錬金術師、もしくはそいつから合成魔核を手に入れた誰かが態に試してみたってことか……？」

俺は唸りながら同じような事象に心当たりが無いか記憶を辿るが、やはりそんな話は聞いたことが無かった。ザルツシュタットの冒険者ギルドの依頼掲示板でも目にした記憶は無い。

「皆さん、相談なのですが……その魔核、買い取らせていただいてもよろしいでしょうか？」

事態を重くみたのだろう。調査のためかツェツィ様がそう申し出てくれた。

俺たちも金にならないのにこれらを所有している理由が無い。もし王女殿下に買い取っていただけるというのであればありがたい話だ。

「レーネ、ミノリ、それでいいか？」

「はい、もちろんです」

「いいですよ、ツェツィ様。あ、ただし……」

「ただし？」

不思議そうに首を傾げるツェツィ様へ、ミノリはピッと血塗れの指を立ててみせた。

「あたしたちは五人パーティーで倒したんですから、冒険者として利益は山分けってことで」

仲良くぽかんと口を開けていたツェツィ様とディートリヒさんが、これもまた仲良く同時に噴き出した。

「……ぷっ、あはは、そうですね！　パーティーで山分けです！」

王女殿下が冒険者として数えられたことが心底面白かったようで、ツェツィ様はそう笑って答えたのだった。


「それにしても、レーネさん。あの薬品は凄い威力でしたね……？　普通の錬金術師ではあのようなものは作れませんが……」

「あ、いえ、ディートリヒさん。あれはリュージさんの付与あっての威力なんです」

「単体でも高威力だったけど、縦方向の〈旋風《ワールウィンド》〉を付与したら凄まじいことになったな……、使いどころを考えないといけないな」

そんなことを話しながら、俺たちは自宅への道のりを戻って行った。

ちなみに材料なんかより、当たり前のように熊の方が重かった。ディートリヒさんとミノリ、三人掛かりでやっと運んでいったよ……。

焼け焦げた巨大熊の死骸は布を掛けた上で、ミノリが冒険者転入届を提出するついでにギルドへと運んで行った。同じ魔物が現れた時に被害が出ないよう、注意喚起を行うためである。魔物であるという証拠のため、ツェツィ様へ後でお譲りすることを約束して魔核も渡しておいた。

ミノリは「一人で運ばせんなー」と文句を言っていたが、こちらは急ぎの用があるのだから仕方が無い。最高品質の〈豪腕《ごうわん》の魔石〉を持たせておいたし何とかなるだろう、たぶん。

その間に、俺とレーネは作業へと取り掛かる。もう昼過ぎであるが、この魔石作成であれば夕方には終わるだろう。

「なるほど、まずはその特殊なナイフで大まかに〈無の魔石〉を切り出して、それから研磨に入るのですね」

「はい、ですが研磨――ポリッシュの前に触媒を使って一度熱を加えます。その時点で力が付与されるのです」

「不思議に思っていたのですが……、その時点で効果が付与されるのであれば、ポリッシュでしたか？　それは必要無いのでは？」

「いえ、最終的にポリッシュをしないと十分に力が出ないんです。むしろどれだけ強い力を持たせられるかは、ポリッシュを含めたカッティングの技術次第になりますね」

俺はディートリヒさんに魔石の作成方法を説明しながら、作業を進める。作業中邪魔にならなければ、と申し訳なさそうに解説を求めてきたが、俺としては付与術師の力を近衛騎士へと説明できるのである。こんな喜ばしい機会を逃す手は無い。

「これが蒸留という工程ですか、どういう原理なのですか？」

「一度沸騰させた水は液体から気体……空気になるのです。冷やすことで再び液体へと戻りますが、そうすると余分な成分が抜けてくれるのですよ」

工房として同じ部屋を使っているレーネも、興味深そうに覗き込むツェツィ様へ解説しながら作業を行っている。

「レーネ、瓶は最終的に付与を施すから、薬が完成する前に言ってくれ」

「はい、分かりました！」

レーネがこちらを見ることなく、慎重に作業を進めながら応えてくれた。俺の方も〈無の魔石〉を切り出したので、触媒と一緒に耐熱皿の上に置き、魔術で熱を加えてゆく。魔石に力を取り込まれた証拠として植物たちが萎れていくのを見て、ディートリヒさんが驚きに目を見張っている。

「この後、プレフォーミングという工程でだいたいの形を取った後に、専用のホイールを使って更に形を整えていきます。ここからが長いですが、気長にお待ちください」

「おお……職人技が見られるとは、感激ですね」

「まだまだ、俺なんてヒヨッコですよ」

期待しているディートリヒさんには悪いが、昔、『先生』の伝手で一時教えを請うた熟練の宝石職人に比べれば、俺など赤子同然である。

その後、プレフォーミングを終えたところでレーネの薬瓶に付与を施し、魔力で動作する専用のホイールなどを使いながらシェイピング、ポリッシングを進めてゆく。

そうして〈解呪の魔石〉ができあがったのは、空が赤く染まった夕方頃だった。

「魔力を籠めれば発動して力を失います。陛下のお側でお使いください。あ、時間が経てば再使用できますのでご注意を」

「分かりました。こちらの薬については、注意事項などございますか？」

「いえ、リュージさんの手で時間が経つにつれて薬の効果を増幅させる〈快癒《リカバリー》〉が付与されていますが、開封後は普通に経口投与していただければ大丈夫です」

俺とレーネが魔石と薬の説明を終えると、預かったディートリヒさんは大事にマジックバッグの中へと仕舞い込んだ。おお、あのマジックバッグは容量がデカくて高いんだよな。さすがは王女殿下の護衛を務める近衛騎士だ。

「重ね重ね、ありがとうございました。報酬の残りは後日使いの者に持たせますので、お待ちください」

「はい。ですが今日はもう遅いので泊まっていってください。出発は明日に――」

そこまで口にしたところで、バンと荒々しく玄関の扉が開けられた音がした。驚き、廊下を覗き込む。

「……ミノリ？」

見れば顔面蒼白のミノリが、急ぎ足で工房へとやって来た。ただならぬ様子に、俺は声を掛けるのもためらわれてしまう。

そしてミノリは、無言で俺の目の前に一通の手紙を差し出した。宛名はザルツシュタットの冒険者ギルド所属と書き添えられた上で、俺とミノリになっている。これは――

「……スズの字？」

だが、スズらしからぬ震えた字だ。いつもはきっちりと判で押したような精密な字だというのに。

俺は既に封の開けられている封筒から手紙を取り出し、広げた。

「…………」

絶句してしまう俺。

そのよれよれの手紙には――「たすけて」とだけ、走り書きされていた。

第四章　金貨五百枚がお前を縛る

冒険者ギルド経由でスズから手紙が届いた翌日、俺とミノリ、レーネは金に糸目を付けること無く、すぐに乗合馬車で一路ベッヘマーの街を目指していた。

ツェツィ様からは「帰りにラウディンガーの城へおいでください。そこで報酬の残りをお渡しいたしますわ」との御言葉と共に、王家の印が押された紹介状を預かっている。お二人は馬車ではなくザルツシュタットで預けていた馬で帰って行った。

俺たちも急ぎお二人が使ったその交通手段で向かいたいところではあるものの、あいにくそうそう都合よく馬を貸してくれる伝手も無い。いや、ツェツィ様という伝手はあるのだが、この三人の誰一人として馬には乗れない。

しかし、今はスズのことだ。いったい何があったというのか。

――いや、だいたい想像は付く。ガイが原因なのだろう。

「……あたしのせいだ」

「…………」

そう自分を責めるな、と何度も言っているのだが、馬車の荷台で膝に顔を押しつけ己の行動を悔やむミノリに、俺もレーネも、もはや掛ける言葉が見当たらなかった。

おそらく、ミノリに気があるガイが居場所を教えろとスズを暴行しているとか、そんなところだろう。二人で一緒に街を出ていればこんなことにはならなかったのに、とミノリは繰り返している。

だが悔やんでいても仕方が無い。今は急ぎベッヘマーへ向かい、いち早くスズを救い出すしかないのだろう。

「……ミノリ、ご飯を食べて。いざという時動けないよ」

レーネが出発前に買ったパンを袋から取り出してミノリへ差し出すも、義妹は顔を上げない。

「……食欲無い」

「それでも食べろ。到着したら動けませんでした、なんて話にならんぞ。『先生』も言ってたろ、ちゃんと寝てちゃんと食べた奴が、最後に何かを成し遂げられるってな」

「…………」

俺の強い言葉にやっと反応し、涙に濡れた顔を上げたミノリは短く「ありがと」と応え、レーネからパンを受け取った。安堵したレーネが小さく息を吐く。

「……喉につかえる。しょっぱい」

「どちらも泣いてるからだな。水でも飲んどけ」

仕方の無い義妹だ、と思いながら、俺は水筒を差し出した。

「うわぁっ！　止まれ！　止まれ！」

　王都ラウディンガーで馬車を乗り換え、デーア王国との国境付近に延びる山間の道を進んでいた時のことだった。前方の御者台から焦ったような叫び声があがったかと思うと、馬車が急停車した。

「おいおい、いったい何事……うわっ！」

　客席から前に身を乗り出して御者台の方の様子を確認した男性客の一人が、驚きに固まっている。相変わらず塞ぎ込んでいるミノリをレーネに任せて俺も覗き込むと、理由は分かった。

「崖崩れか……」

　見れば、西側の山から転がったらしい、俺の胸の高さまでありそうな大きな岩が道を塞いでいる。人が通る隙間はあるが、これは馬車だと通れないだろう。

　乗客を集め、御者が状況を説明して引き返すと言い出した。とはいえ目の前の岩がどかせないという理屈は分かっても感情がそれを許さないのだろう。乗客の半数以上が憤慨し、御者へと詰め寄った。

「そんな！　通れないの⁉」

「デーアに急ぎの用があるんだよ！　何とかならんのか！」

　怒りの声に対して、御者はどうにもできず宥めようとするだけだったが、それが逆に火に油を注いでしまっているようだ。

「困りましたね……徒歩で向かうしかないんでしょうか？」

「この場所から徒歩は勘弁願いたいところだなぁ……なら、どかすまでだろ」

不安そうなレーネに俺はそう言うと、マジックバッグから一つの魔石を取り出し、この魔石には邪魔となってしまう杖をレーネへ手渡した。

「え、まさかこの大きさの岩を運ぶんですか？」

「いや、さすがにそれは〈豪腕《ごうわん》の魔石〉を使っても無理」

顔をひきつらせたレーネの言葉を、俺はかぶりを振って否定する。

そう、〈豪腕の魔石〉を使ったとて、このデカい岩をどうにかできるはずもない。

だから、他の手段を用いてこの岩をどかしてやろう。

ザルツシュタットを出発してから十日後、ようやく俺たち三人はベッヘマーへと辿り着いた。

馬車駅から急ぎ足で冒険者ギルドへと向かう。手遅れになっていなければいいのだが……。

「イーミンさん！　急ぎで聞きたいことがある！」

「リュージ⁉　お前戻ってきたのか⁉」

三人で冒険者ギルドに飛び込んで早々、たまたま受付で他の冒険者の対応をしていたイーミンさんに呼び掛けると、久々に会ったベッヘマーのギルマスは目を丸くしていた。

「その話は後で！　スズの居場所を知りませんか⁉」

「……スズ？　……まさか」

何か思うところがあったのか、イーミンさんはピクリと片眉を上げた。なんだ、この反応は。

「まさかって何ですか⁉　何か知っているんですか⁉」

「………」

険しい表情になったイーミンさんは、冒険者ギルド内を見回した。釣られて俺もその視線を追い掛ける。

その中に、居た。いや、スズではなく――

「……ショーン……？」

俺たちと目が合ったショーンは、見る見るうちに顔色を真っ青に変え、慌ててギルドから逃げ出して行った。おそらく行き先はガイのところだろう。だが、今はそれどころではない。

「イーミンさん、スズはいったい――」

「……ついて来い。居場所の見当は付いている」

カウンターを出たイーミンさんは、そのままギルドの出口まで向かう。俺たち三人も慌ててその後ろを追い掛けたのだった。

着いた先は宿屋の一室、その扉の前だった。

「ここは……？」

嫌な予感しかしなかった。ミノリもレーネもそうなのだろう、固い表情から読み取れる。

「おそらく、ガイが追加で借りている部屋だ。そして——スズが監禁されている、と思われる」

「……監禁？　それは確か、ですか？」

「以前、タレコミがあってな。拘束されたスズがショーンに連れられこの部屋から出て来るところを見掛けたヤツが居るんだ。だが冒険者同士の諍いに俺たちが介入するともいかなくてな……」

「…………」

イーミンさんの説明を聞いた俺は、その内容は間違いないものだろうと頭の中ではっきりと断定していた。

何故なら、扉には外からの鍵——目立たぬ程度の小さな閂《かんぬき》が掛かっていたのだ。外側から掛ける鍵など、誰かを監禁する以外に使うはずがない。俺は閂を外すと、遠慮無くその扉を開けた。

「……スズ！」

果たして扉の向こう、宿の部屋の片隅には——ぐったりと力尽きているスズの姿があった。

名前を呼び、ミノリが疾風のように義妹のところへ駆けつける。

「スズ、ゴメンね……、お姉ちゃん、スズを一人にしちゃってゴメンね……」

ミノリが泣きながらスズを抱き締めそう声を掛けると、末妹は譫言《うわごと》のように「ミノリ姉……」と呟いたのだった。


「おい、なに勝手に俺の部屋を開けてやがんだ、リュージ！」

久々に聞く高圧的な声が、廊下の向こうから響く。振り向くとやはりそこにはガイ、そして先ほど俺の姿を見つけたためにヤツを呼んだのだろう、ショーンと――

「レ、レーネ、やっぱり来たのね……」

「……マリエ……」

ガイとは対照的に、マリエは何故かばつが悪そうな顔をしている。レーネは唇を噛み、そんな彼女を睨み付けていた。レーネにしても、俺の義妹をこんな目に遭わせたことに憤っているのだろう。

そう、憤っている。俺も激しく怒りを感じているのだ。ガイをこのままにしてやるものか。

「あ？　なんだその目は？　第三等の付与術師如きのテメェが俺とやり合う気かよ？」

相変わらず等級と職業でしか強さを判断できないらしく、俺に向かって嘲笑を浴びせるガイ。

――お前にいかにして地獄を見せてやるか、俺は今それだけを考えているというのに。愚かなことだ。

「俺の魔石が無いと満足に依頼も達成できない張りぼての第二等が、キャンキャン吠えるな」

「ンだとテメェ！　魔石作りしか能の無い野郎が！」

俺の安い挑発に乗ってきたガイが、腰の剣を引き抜いた。騒ぎを聞きつけ集まってきていた野次馬から息を飲む音が聞こえる。

「剣を抜いたな？　なら、遠慮無く行くぞ！」

「上等だコラァ！」

すっかりガイも俺も頭に血が上ってしまっており、もはや、どちらかが斃《たお》れるまで騒ぎが終わることはないだろう。

徒手空拳のままガイと廊下で対峙した俺は、そのまま一歩を――

「そこまでだ」

「なっ……!?」

いつの間にか何者かに近寄られ、首元にナイフを突きつけられた俺とガイが呻き声をあげて固まる。

……さすがは現役時代デーア王国で最強の剣士と言われた、元第一等冒険者のイーミンさんだ。俺も全く気配に気付けなかった。

「おい、ガイ。次に騒ぎを起こしたら第三等に降格だって言っておいたよな？」

「ギ、ギルマス、アイツが先に手を出してきたんだよ、俺じゃねえよ……」

「俺は一部始終を見ていたんだが？」

イーミンさんに凄まれ、この期に及んで保身のために俺を指さすガイだが、イーミンさんの言う通りヤツの方から剣を抜いたので言い逃れはできない。

それに、レーネから必死の治療を受けているスズの状態といい、状況証拠どころか物的証拠も証人も揃っているワケで。

「……ふむ」

だが、何か思うことがあるようにイーミンさんは小考すると、目にも止まらぬ速度でナイフを引き戻した。まさかガイを見逃すつもりではないだろうが……。

「リュージ、ガイ。二人とも外に出て決闘しろ。立会人は俺が務める」

§

「おいスズ！　ミノリはどこへ行きやがった！」

「……スズ、今は魔術書を読んでるんだけど」

スズは魔術書を畳んで、手下のショーンとうさんくさい新入りのマリエを引き連れてやって来たガイを半目で睨んだ。ミノリ姉はこの男のことをサルって言ってるけど、なかなかどうして的確な表現かもしれないとスズは思う。欲望に忠実でギャーギャーとやかましいところとかそっくりだ。

「ミノリ姉なら、昨日街を出て行ったよ。行き先はスズも知らない」

スズ、本当は知ってるけどガイには内緒だ。この男はミノリ姉に気があるから追い掛けるつもりなんだろう。でもそんなことはさせない。

そもそも、スズとリュージ兄、ミノリ姉だけで組んでいたパーティーをショーンと一緒に乗っ取った挙句、リュージ兄を追い出したガイに恨みこそあっても義理なんて無い。どうしてスズに聞いて教えてくれるなんて思っているんだろう？　サルだし頭が足りてないのかな？

「嘘吐いてんじゃねぇ！　テメェが知らねぇワケねえだろ！」

「知らないものは知らないってば。スズ、今魔術書読むのに忙しいからあっち行って」

スズは再び『裁判で用いられる魔術』と銘打たれた魔術書に目を通し始め、素気なくしっしっと右手だけでガイを追い払った。こうすると逆上するけど、度々騒ぎを起こしてギルマスから目を付けられているこの男は、黙って引き下がるのを知っている。

「クソガキ……テメェ、何様のつもりだ？」

「それはこっちの台詞《せりふ》。パーティーリーダーなんて名乗ってはいるけど、リュージ兄もミノリ姉もガイの後始末にいっつも奔走してた。今頃解放されて気楽になってるでしょ。何様っていうのはガイこそ自覚した方がいいよ」

そこまで言ったところで、ガイはあろうことかスズの持っていた魔術書を引っ掴《つか》み、乱暴に放り投げてしまった。魔術書はそのまま壁に叩きつけられる。

「ちょっと、あれ借り物――」

文句は最後まで口にできず、鼻に強い衝撃を受けたスズは仰《の》け反《ぞ》り、椅子ごと倒れてしまった。

……まさか、殴られ――

「おい、クソガキ！　いい気になるなよオラァッ！」

襟首を掴まれ、思いっきり引き上げられる。周りで悲鳴があがった。

あ、駄目……苦しくて息ができない……。

「ちょ、ちょっとガイ！　マズいって！　死んじゃう！」

「あぁ⁉　何がマズいんだマリエェ！　悪いのはこのクソガキだろうが！」

止めようとしたマリエの言うことなど意に介さない様子で、逆上したガイはスズを宙づりにしたまま左右に振り回す。こんなことになるんだったらきちんとご飯を食べてお肉を付けておくんだった。

「おい！　ガイ！　何をしている！」

ガイに吊り上げられ窒息寸前だったスズの身体は、荒々しく誰かにもぎ取られ、背中を叩かれてようやくまともに呼吸ができるようになった。この声は……ギルマス？　頭がぼうっとしてよく分からない。

その後ギルマスらしき人はガイに何か説いていたようだったけど、スズの記憶はそこで途切れた。


翌日、スズは魔術書を持ち主の魔術師に返した。壁に叩きつけられたせいで少し装丁が傷んでしまったことを謝罪したものの、その魔術師も昨日の騒動を知っていたので何も言わなかった。まだ読み終わっていないし後ろ髪引かれる思いだけど、これ以上何かあって魔術書をボロボロにされては申し訳ない。

そしてすぐに冒険者ギルドの受付に行き、街を出る手続きをする。これ以上ガイたちには付き合っていられない。

「なぁスズ、どこへ行くんだ？」

パーティー脱退届とベッヘマーからの転出届を書いていたところで背後から響いた声に、筆を止めた。

「……ガイには関係ない」

「関係無いワケねぇだろ？　勝手にパーティーから抜けるってどういうことだよ、なぁ？」

「……個人の自由」

そう言ったところ、スズが書いていた二枚の書類はガイに奪われ、ビリビリに破られてしまった。

「何するの」

「テメェがパーティーを出て行くことは許さねぇ。ミノリの行き先まで連れて行け」

文句を言ったけど、ガイとショーンに両腕を掴まれて身動きが取れなくなった。助けを求めてギルド受付のお姉さんを見ると、あまりのことに呆然としていたけど、それで我に返ったようだった。

「ちょっとガイさん！　スズさんの言う通りパーティーの脱退は個人の自由ですよ！」

「うるっせぇな受付風情が！　指図するんじゃねぇ！」

罵声を浴びせられた受付のお姉さんがギルマスを呼びに行っている間に、スズはギルドから連れ去られてしまった。


「…………」

ガイとショーンにこの部屋へと連れて来られてどれくらい経っただろうか。木窓も閉まっているし、真っ暗で全く時間が分からない。

腕と足はしっかりと縛られていて、たまにマリエかショーンがトイレに連れ出す程度で外部との連絡が取れずにいた。

「でも、このままだと、スズ死んじゃう……」

与えられる食事も僅かなものだし、マリエは止めてくれるけど、ガイはここへ来る度にスズを殴る。自分の身体がだんだん衰弱していることが分かる。今はまだ大丈夫だけど、このままの状態が続くと危険だ。

だから、動かなければならない。

「我が身、我が肉体を写せ。〈複製《イミテーション》〉」

扉の近くまで這いずって行き、部屋の外に自分の分身を創り出した。分身で手足の拘束を外すということも考えたけど、力も弱ければ細かい作業にも不向きだし、それは無理だ。

「でも、助けなら、呼べる」

スズは分身に命令を出して、手紙を書くべく、商工ギルドへと向かわせたのだった。


「う……」

「気が付いた？　スズちゃん」

スズは、どうやら誰かに膝枕をされているようだった。スズを見下ろしているそのエルフの穏やかな顔には見覚えがあった。確か以前マリエと二人組でパーティーを組んでいたレーネという人で、一緒に依頼もこなした記憶がある。

「ここは……？」

「ギルドの裏手にある修練場。お兄さんとお姉さんが来てくれたし、とりあえずの手当てはしたから、もう大丈夫だよ」

その言葉にスズは痛む身体を慌てて起こし、リュージ兄とミノリ姉の姿を探した。

ミノリ姉はすぐ側に居た。無表情だけど怒りに満ちた顔をどこかへ向けている。リュージ兄は――

「あっ……」

ミノリ姉の視線を追って見れば、リュージ兄は修練場の中心でガイと距離を取って睨み合っている。これはいったい……？

「リュージ兄は、あたしを賭けてガイと決闘するの」

ミノリ姉が、ガイの方を睨み付けながらそう語った。

そして、スズの方を向いて笑みを浮かべた。リュージ兄の負けなど微塵も考えていないような、そんな顔。

「大丈夫。あたしたちの兄貴だもん。ガイになんて負けないよ」

§

傷はある程度回復したものの、気を失ったままのスズをレーネに託し、俺は修練場の中心でガイと対峙していた。もちろん立会人のイーミンさんも一緒だ。

周りには宿で俺たちを遠巻きに見ていた冒険者たちが、観客として集まっている。コイツらもガイの傍若無人っぷりに振り回されていたようだし、気になるのだろうな。

「俺が勝ったら、ミノリをよこせ。あと、テメェは二度とこの街に足を踏み入れるな」

相変わらず一方的な物言いに、俺は眉根を寄せた。なるほど、ミノリを譲った後に助けることは許さないということか。

「二つ目の条件はともかく、一つ目の条件は飲めない。義妹を物として扱いたくないからな」

「あぁ？　負けた時の保険を掛けてんじゃねぇよ。まあ、第三等の付与術師が俺に勝てるワケが無ぇし、ビビるのも当然だけどよ」

渋っている俺を煽っているつもりなのだろうが、あいにくお前じゃないんだからその煽りは無駄だ。俺には俺の信念ってものがある。

「いいよ、リュージ兄。あたしを賭けても。そうでないとこのサル、条件を飲むつもり無いでしょ」

スズの側に居たはずのミノリがやって来て、そう言ってくれた。サルと言われ激高している誰かさんが居るが、無視しておこう。

「……そうか、分かった」

「いいってば。その代わり、二度と刃向かう気持ちが起きないように、叩きのめしてあげて」

「そうだな」

俺も可愛い義妹を痛めつけた輩に手を抜いてやるつもりは無い。しかし、だ、念のために条件を付けてやらんとな。

「さて、俺も条件を付けさせてもらう。そっちが二つ提示したし、こちらも二つだ」

俺は二本の指を立て、ガイに突きつけてみせる。

「一つは賠償金だ。俺やミノリに与えた精神的苦痛の分は勘弁しておいてやるが、スズにやったことについては支払ってもらう」

「……はっ、なんだよ。金だと？　意地汚いヤツだな」

ガイはそう言って侮蔑の視線を向けてきた。魔石をがめようとしたコイツに意地汚いと言われるのはいささか腹が立つが、別に金に困ってのことではない。

コイツを、縛り付けるためだ。

「額は金貨五百枚。まずこの場で用意しろ。後で足りないと言われても困るからな。ああ聖金貨でも構わんが」

「なっ――!?」

俺が提示したあまりにも法外な金額に、ガイは素っ頓狂な声をあげた。

第二等冒険者の依頼料平均が金貨十枚程度と考えれば、五百枚あったら一年程度であれば遊んで暮らせるほどの金額だ。自分でも無茶なことを言っている自覚はある。

「そんな金、俺は持ってねぇぞ！　テメェ、無茶な条件を付けて決闘から逃げるつもりだろ！」

「お前は持っていないかもしれないけどな……」

喚くガイに向けた説明をいったん切り、視線をその奥へと送る。

俺と目を合わせてしまったそいつらは、言っている意味を理解して顔を強張らせた。何も今回の件は、ガイだけの不始末などとは考えていないのだ、俺は。

「お前の仲間、特にマリエの方はかなり貯め込んでいるのを知っている。なぁに、万が一俺が勝ってしまった場合に払ってもらうだけだ。お前は第三等に負けるワケが無いんだろう？」

「……マリエ！　ショーン！」

俺の安い挑発に掛かり、ガイはヤツの大事な大事な仲間たちを呼びつけた。その仲間たちはと言えば、まさか火の粉が掛かってくるとは思っていなかったようで逃げだそうとしたが、ガイに恨みのある連中がすかさず修練場の出入り口を塞いでしまった。助かるぜ。

「ちょ、ちょっとガイ！　アタシは嫌なんだけど！」

「うるせぇ！　勝てばいいんだろ！　とっととよこせ！」

「ア、アタシも持ってないってば……って、ちょっと！」

この期に及んでそんなことを宣うマリエの方へずかずかと近寄り、ガイは遠慮することなく彼女の手を掴むと、マジックバッグに突っ込ませた。そして金貨袋を引きずり出させ、その中から聖金貨を五枚取り出した。さすがマリエ、持っていたか。

「おい、これでいいんだろ！」

後ろでギャーギャーと喚くマリエを無視して、ガイはイーミンさんへ聖金貨を投げてよこしたものの、ギルマスは拾わずにガイを睥睨する。

「……他人から奪い取った物をお前の金とは認めん。誠意を見せてきちんと貸してもらえ。金が用意できないのであれば、ガイ、お前の条件も一つ無効とさせてもらう」

「ぐっ……」

ごもっともなことを言われたガイは、マリエに向き直り、歯を食いしばりながら頭を下げた。誠意など欠片も無いだろうが、コイツが頭を下げているのは初めて見たな。

「マリエ……、金を、貸してくれ……」

「……わ、分かったわよ！　必ず勝ちなさいよ！」

マリエも周りから注目されている以上、出さないワケにはいかなかったのだろう。これで、ガイにはマリエからの縛りができたな。

集まった聖金貨をイーミンさんが袋に仕舞う。これが一つ目の条件だ。

「さて、二つ目の条件だが……今後一切ミノリに関わるなと言っても聞くお前じゃないだろう」

「…………」

ガイは答えない。まあ、その程度のことは予想済みだ。

守られない約束より、コイツに対しての周りからの影響を変えてやろう。

「イーミンさん、俺が勝ったら、ガイの冒険者等級を二つ下げてやってくださいできますよね？」

「ああ、可能だ」

「はぁ⁉」

等級に拘《こだわ》るガイにとって、これほど屈辱的な条件は無い。

再び素っ頓狂な声をあげたガイに対して、俺は肩を竦めてみせる。

「おやおや？　第二等は第三等に負けるワケが無いんじゃなかったのか？　お前が常日頃から言っていることだ。万が一にでも俺に負ければお前は第四等かそれ以下の存在だと自分で証明することになるんだからな」

正論であっても挑発でしかない俺の言葉に、ガイは全身から怒りを立ち上らせる。目は血走り、俺を射貫かんとしている。受け流してもいいが、器の大きさを見せつけるために余裕の表情で手を広げてみせた。

「テメェ……、望み通り、ぶち殺してやるよ……」

「おっと、俺を殺したら『二度とこの街に足を踏み入れるな』の条件が役に立たなくなるが、いいのかガイ？」

「ゴチャゴチャ言っててんじゃねぇ！」

決闘へと臨むため、喚くガイからいったん距離を取る。

手元には三つの魔石。三つまでというのはガイではなくイーミンさんから告げられた条件だ。魔石を持てば持つほど俺は強化されるから、当然と言えば当然の措置だろう。

十分に距離を取った俺たちは、視界の正面に互いの身体を収めて睨み合う。イーミンさんが合図をすれば、いよいよ決闘の開始だ。

「命乞いするなら今だぞテメェ、そうしたら、命だけは勘弁してやるかもな」

何ともお約束な言葉だ。勘弁してやるかも、か。ガイが約束を守ったことの方が珍しいので、そんな条件は期待するだけ無駄だ。

「……ガイ、お前も哀れなヤツだな。第四等に落ちるからって気落ちするなよ？　いつか第三等に昇格できる日が来るさ」

その一言で、ガイの頭からはっきりと何かが切れた音がして、合図も無いのに腰の剣を抜き飛びかかってきた。

「おいガイ！　まだ合図は――」

「いいですよイーミンさん、開始ってことで」

俺は慌てて制止しようとするイーミンさんへのんびりとそう言ってから、逆上のあまり言葉にならない雄叫びをあげながら向かってくるガイに杖を構えた。

ガイの持つ〈覇者《はしゃ》の剣〉はあらゆる防御障壁をすり抜け攻撃することができる魔剣だ。故に今回、俺は〈金剛《こんごう》の魔石〉を三つの装備からは外している。

とはいえ、たとえガイがこの魔剣を持っていなかったとしても、〈金剛の魔石〉は必要無かっただろう。普段からミノリに付き合って訓練していた俺にとって、コイツ程度の剣技を避けることなど造作も無いことなのである。

オマケに〈豪腕《ごうわん》の魔石〉も持っているため、ガイは身体能力の向上した俺の動きについていけず、ただ疲れるためだけに剣を振っているようなものだった。

「てめっ、ちょこまかと逃げるんじゃねぇ！」

「当たったら痛いから断る。しかしもうちょっと頑張れよ？　いくらお前が壁役だからって剣の腕を疎かにしていたら、防御力だけで耐えなきゃならんぞ？」

「指図するんじゃねぇ！」

「先に指図したのはお前だよ」

説教されるのが何よりも嫌いなガイに滔々《とうとう》と説いてやったが、やはりお気に召さなかったようだ。逆上して更に剣の動きに無駄が出てきた。

そうこうしている間にガイの動きは鈍くなる。いつも通りに身体を動かしていたら体力が回復せずに疲れ切ってしまったのだろう。俺と一緒に魔石も手放したせいだと本人は気付いているのだろうか。

頃合いを見た俺は距離を取って詠唱に入る。まずは一手だ。

「炎の矢よ、眼前の敵に突き刺さり燃え上がれ、〈火矢《ファイアアロー》〉！」

下級魔術を、避けにくいガイの腹部に向かって放つ。

ガイは、左手で大盾を翳して難なくそれを受け止めた。当たった箇所は燃え盛ること無く、瞬時に消え去ってしまう。

……通常であれば当たった箇所で五秒は燃えるのだが――

「その程度の魔術が効くかよ！　しょせんは付与術師だな！」

いい気になったガイが突っ込んでくる。が、先ほどと同じく俺に当てるには精細さと無縁の無様な攻撃である。杖で捌きつつ躱し続けている間に、再び疲れたガイの動きが鈍くなってくる。

「おいおいどうした？　まだ始まったばかりなのに疲れているみたいだな。その重そうな鎧を脱ぐ時間くらいは与えてやってもいいぞ」

「う……、うるせぇ……」

ぜぇはぁと息の荒いガイの剣を小さな動きで躱しながら煽ってやったが、既に体力も限界らしい。コイツ、〈昇華《しょうか》の魔石〉が無いとこんなもんだったのか。

さて二発目行くとするか。距離を取って、と。

「魔素よ、集まり電撃となりてあの剣士を貫け、〈雷撃《ライトニング》〉！」

一筋の電撃が、真っ直ぐガイの胸部と杖とを繋ぐ。ザルツシュタットからここへ向かう馬車の中で、レーネから教えてもらった下級魔術だ。

先ほどの〈火矢〉と同じく、今度も全く手応えが無かった。その証拠に、息を整えたガイが俺の方へと突っ込んできている。

まるで、魔術など効かないと確信していたように口端をあげながら。

「……ふむ」

俺はくるりと身体を回転させ、しっかりと足を踏み込み、通り過ぎたガイに横から体当たりした。バランスを崩したガイが、無様に転がる。

その間に俺は、次の魔術の詠唱に入る。

ただしそれは攻撃のためではない。確認のためだ。

「その有り様を明らかにせよ、〈鑑定《アナライズ》〉」

魔術が展開され、ガイが身に着けている装備が明らかになる。

そして俺の予想は間違い無かった。魔力を持つ装備はただ一つ、魔剣である〈覇者の剣〉だけだったのだ。

ガイが起き上がるまでの間にちらりと視線を向けた観客の中からその姿を発見し、俺は一つの確信に至った。

「……攻撃魔術が効かないのは、マリエの仕業か。お前マリエに〈抗魔《アンチマジック》〉を使わせてるな？」

「あ、あぁ？　何のことだよ⁉」

動揺したガイが、慌てた様子でイーミンさんの方を見る。……それが答えになっているようなものなのだが。

それだけで事情を察したイーミンさんは、目を細めてガイを睨んだ。

「ガイ、お前、神聖な決闘を汚したな？」

「ち、ちがっ、何かの間違いだ！　コイツの言い掛かりだ！」

等級至上主義のガイは、元第一等冒険者のイーミンさんを恐れるようにガクガクと震えだした。

……まあ、先ほど首元へナイフを突きつけられた時の恐怖を覚えているから、というのもあるのだろうが。

「いいですよ、イーミンさん。可哀想ですし続行で。そこまでしないと第三等の付与術師である俺に勝てないんでしょう」

そこでいったん言葉を切り、立ち上がりかけのガイを見下ろす。

「しょせんコイツは、俺の付与術の力が無ければ第二等と言えるような力も無い、張りぼての男ですからね」

「テッ、テメェェェ！」

血が上り、顔を真っ赤にしたガイが吠えた。

「うわっ！　煙だ！」

そんな時、観客の中から叫び声があがった。どこから生まれたのか分からない煙がもうもうと立ち込め、観客がパニックを起こしている。

煙は観客側だけでなく、あっという間に修練場の中心に居る俺たちのもとまで辿り着き、ガイとイーミンさんの姿が視界から消えた。

……マリエの仕業ではないな。だとしたら——

俺はその場に杖を棄て、目を閉じ周りの気配に意識を集中する。

刹那、背後で蠢《うごめ》く気配に気付き、俺は落ち着きつつも一瞬で振り返る。

「ああ、やっぱりか」

予想通り、そこには俺を狙い、白刃を手に突っ込んできたショーンが居たのだった。

立ち込めていた煙はすぐに晴れていき、周りの様子を露わにする。

「おい、あれ、ショーンじゃねぇか？」

観客の一人が、修練場の中心からやや離れた場所で転がるその姿に気付いたのか声をあげる。

ナイフを手から零したショーンは仰向けに倒れ、ピクリとも動かない。俺はそちらを向いて佇んでいた。

……が、その方向は俺から見てガイと逆向きである。つまり俺は今、ヤツに背を向けて立っているワケで。

「死にやがれえええええ！」

好機とばかりに突っ込んでくるガイへ、俺はゆっくりと振り返り、そして拳を握り締めた。

「……あ？」

目の前で起きたことが信じられないのだろう、ガイは呆けた声をあげる。

何故ならば、自慢の魔剣が、俺が正面で突き合わせた拳で真っ二つに折られてしまったからだ。

折られた〈覇者の剣〉の半分が、俺の背後で地面に突き刺さった音がした。

左足を右足の右前へ、踏み込む。

そこで右回りに身体を捻り、いったんガイに背を向ける。首だけはちらりと背後を覗き、隙だらけのガイの姿は捉えていた。

「ふっ――」

そして小さく息を吐き、渾身の力を籠めて――

「ぐ……ぉ………がはっ……」

声にならない悲鳴をあげ、ガイが己の手から折れた剣を取り落とし、口から血を垂れ流す。

理由は簡単である。俺の必殺の右後ろ蹴りが、ガイの重厚な鎧を大きく凹ませて腹に食い込んでいるからだ。

「……ふっ！」

俺はいったん右足を離し、左足を軸にして今度は左に一回転する。ガイの方へ右足を一歩踏み込み、その状態で思いっきり左に身体を捻り、背中を見せた状態で左足を高く振り上げ、踵で血塗れのガイの横っ面を叩いた。バシィッ、と激しい音が修練場に響く。

綺麗な左後ろ回し蹴りを食らったガイは、まるでコインのようにその場で回転し、よろめき、地に伏す。

そして動かなくなった。

決闘が終わり、今のうちにとスズのパーティー脱退届と転出届を提出した後、俺たちは逃げるようにベッヘマーを後にしていた。

今のスズの状態を鑑みると野営は避けたかったが、致し方ないだろう。あのまま街に留まっていたら、マリエの神術により復活したガイが復讐に動いていたかもしれないからな。

「リュージ兄、明日からはもう平気。負ぶってもらわなくてもだいじょぶ」

「そうか？　遠慮しなくてもいいんだぞ？」

「ん。レーネの薬、よく効いた。ありがと、レーネ」

ミノリに寄り添って焚火に当たりながら、スズはレーネの顔を見つめて言う。レーネは「どういたしまして」と微笑んでみせた。

この野営地までは俺がスズを負ぶってきた。何しろ監禁生活で振るわれた暴力によりあちこちの骨が折れていたので、回復まで時間が掛かったのだ。しかしながら半日程度で全身の骨折まで治してしまうレーネの薬は、破格の力と言えるだろう。

「ごめんね、スズ。お姉ちゃんがスズのことを待っててあげれば、こんなことにはならなかったのに……」

己の行動を悔いているミノリが、スズを抱き締める。スズはというと、それは違うとばかりにかぶりを振った。

「ミノリ姉、ワガママを言って残ったスズが悪い。ミノリ姉は悪くない」

「でも……」

なおもミノリが何かを言いかけたところで、俺は軽く手を叩いた。

「ほら、ミノリもスズも。もう終わったことだからやめやめ。起きてしまったことより未来へ目を向けろって常日頃から『先生』は言ってただろ？」

「……そうだね、リュージ兄」

「ん」

まだ何か言いたげではあるものの、とりあえず二人は納得してくれたらしく、それ以上は何も言わなかった。

「それにしても、リュージさん。崖崩れの時といい決闘の時といい、凄い威力の蹴りでしたね」

レーネが心底感心したように瞳を輝かせている。まあ、今まで見せる機会は無かったからな。崖崩れの時に蹴りで岩を破壊したら、レーネを含め馬車の乗客が唖然《あぜん》としていたっけ。

「ありがとう。だが、あそこまで威力を出せるのは〈フューレルの魔石〉のお陰だ」

俺の口から出た聞き慣れない類の魔石の名前に、レーネが首を傾げる。

「フューレルって、戦神の一柱ですよね。その魔石にはどういう効果があるんですか？」

「手に何も持たない状態であれば身体能力を飛躍的に上昇させる効果がある。付与術の中でも『ギフト』と呼んでいる、神から与えられた加護の一つだ」

俺は決闘の時は〈豪腕《ごうわん》の魔石〉の他にこの魔石を持っていた。ちなみにもう一つは〈抗魔《アンチマジック》〉と同等の効果を持つ〈抗魔《こうま》の魔石〉だ。ガイの差し金で誰かが攻撃魔術を使いちょっかいを出してくる可能性を考えていたが、結局役立つことは無かった。

「そんな凄い魔石、大量生産できたらとんでもないですね……」

「いや、『ギフト』と言うだけあって、これは付与術でも効果がランダムに与えられた〈祝福《ブレス》〉という付与を使った時に極々稀に生まれる、謂わば神の気まぐれの産物ってやつだ。……まあ、〈祝福〉は俺が理論立てたオリジナルの付与術なので、他の付与術師が使えるかは知らないけれども」

「……それ、本当に付与術なんです?」

半目のレーネに呆れられてしまった。まあ、錬金術で言えば同じレシピで作成したのに効果が違う薬なんてあり得ないからな。

他にも『ギフト』の魔石は僅かであるが持っている。先日ラナたちに譲った〈ペウレの魔石〉もその一つだ。いずれも強い力を持っているが、〈フューレルの魔石〉のように「手に何も持っていてはいけない」など不利な条件があるのが特徴だ。〈ウェルクの魔石〉は広範囲の魔力を失わせるし、〈アンスバルの魔石〉は〈フューレルの魔石〉以上に肉体を大きく強化させる。その代償として全身がボロボロになってしまうが。

ガイは金目当てで毎日俺に魔石を作らせていたが、その合間に〈祝福〉を使って生み出されていたのがこの〈フューレルの魔石〉だ。アイツがこの魔石の存在を知らなかったからこそ、今回の奇襲は上手くいったというわけである。

「でも、威力は魔石の効果とはいえ、リュージさんの蹴りは素人の動きに見えませんでしたね……」

「リュージ兄とあたしは、故郷で体術を学んでたの。リュージ兄はまだ子供だったのに師範を降参させるほどの腕だったんだよ！」

レーネの疑問を氷解させる情報をミノリが暴露してしまった。まあ、黙っていることでもないけれども。

「俺なんて力が強いだけだ、技術はまだまだだよ」

「またまたー、リュージ兄に勝てる人はどこにも居なかったじゃん」

「身体に恵まれていたからだ。今回の蹴りの威力もまだまだだったし、鍛え直さないと」

「アレでまだまだなんですか……」

レーネが震え上がっている。まあ、普通は重厚なプレートアーマーがひしゃげている光景は見られないだろうしな。

おっと、そう言えば大事なことを聞いておかねばならなかった。

「ところで、スズは今後どうする？　どこの冒険者ギルドに所属するつもりだ？」

念のために聞いておく。十六歳になったミノリはともかく、スズは十四歳と幼いので、どこで活動するかは義兄として把握しておきたいのだ。

「え、それ聞くの、リュージ兄」

「ほらスズ、リュージ兄って変なところ鈍感だからさ」

……何やら義妹たちだけでなく、レーネまでもがクスクスと笑っている。五月蝿いな、変なところ鈍感で悪かったよ。

「リュージ兄の居場所が、スズとミノリ姉の居場所。だからリュージ兄についてく」

スズはキラキラと瞳を輝かせ、真っ直ぐ俺を見据えながらそう言った。その言葉には微塵も迷いは無い。

「……はぁ、まったく。お前たちならどこへ行っても食いっぱぐれることはないだろうに」

兄離れのできない二人に、俺は苦笑するしかなかったのだった。

第五章　冤罪、駄目な子、意趣返し

ベッヘマーを出発してから徒歩で十二日目、俺たちはバイシュタイン王国の王都ラウディンガーに到着していた。

「おお……、ここがラウディンガー……。エルレッヘンよりも栄えてる？」

スズがお上りさん丸出しでキョロキョロと城下町を見回している。普段に比べて少しはしゃぎすぎな感はあるが、まあ、すっかり元気になって良かった。

ちなみにエルレッヘンはベッヘマーのあるデーア王国の首都だ。あっちは名ばかりの王都で、他の都市の方が栄えているんだよな、何故か。

「さて、今日はいったん宿に泊まろう。登城の前に身なりを整えておかないとな」

「そうですね」

徒歩でベッヘマーから街道を歩いてきた俺たちはよれよれの姿をしている。招かれているとはいえ、この状態で王女殿下に拝謁するのはいささか恥ずかしい。

そう思って、服飾店へとやって来たのだが……。

「わあ！　スズちゃん似合う！　可愛い！」

「ありがと。レーネも似合ってる。胸が開いてて大胆」

「えへへ、ありがと。ちょっと冒険しちゃった。ミノリも試着室に籠もってないで早く見せて！」

「ちょ、ちょっと待って、スカートとか恥ずかしいから……！」

「………………」

女三人寄ればかしましいと言うが、なんともうるさ……いやいや、賑やかなものだ。

しかし女性向けの服飾店に俺みたいな男は場違いすぎる。ほら、貴族らしきご婦人からちらちらと見られていて、なんとも居づらいったらありゃしない。

「なあ三人とも、俺は俺で男性向けの服飾店に行っていいだろ？」

そう言ったら、全員からキッと睨まれた。ミノリまでも試着室から顔を出している。

「駄目に決まってるでしょう」

「あーあ、リュージ兄は薄情なんだ。あたしたちの服、選んでくれないんだ」

「朴念仁……」

……酷い言われようだ。もはや選択肢は無いらしい。

俺は内心で頭を抱えつつ、店のオブジェになりきるつもりで立ち尽くしていた。

結局、レーネたちが服を購入するまでに掛かった時間は三時間だった。長すぎると文句を言ったら「何を着ても適当な感想しか言わないのが悪い」と揃って俺に責任転嫁してきやがった。何故だ。

その後また一時間は掛けて俺の服を選んでもらう。とはいえ既存の商品の仕立て直しになり、できあがりは明日になってしまうらしい。金を弾んだため頑張って朝までには仕上げてくれると店員は言っていたので、明日の昼頃には登城できるだろう。

夕方になり宿泊先の酒場スペースで夕食を取ることにしたのだが、慣れないことですっかり疲れた俺は、新しい服をマジックバッグへ収めてほくほく顔の女性陣がはしゃいでいるのを後目にジョッキを傾けていた。きっと今の俺は傍から見たら虚ろな目をしているに違いない。

「リュージ兄、あの程度で疲れてちゃ駄目だよ？　女の子の買い物は長いんだから」

「そうだな、とても実感した」

ミノリへ皮肉交じりに返しながら、俺は喉にエールを流し込む。非常に残念なことに皮肉は通じていなかったらしく、女三人は変わらずきゃいきゃいと騒いでいた。俺はこれから先あの家で上手くやっていけるんだろうかと不安になってしまう。何しろ隣家にも女の子が二人居るし。

そんな感じで一人腐っていると、背後で商人らしき人たちの話し声が聞こえてきた。

「ザルツシュタットもなぁ、港が復活すれば流通も元に戻ると思うけどなぁ」

「あれだろ？　廃坑になったベルン鉱山から大きな魔石の鉱脈が見つかって、鉱坑が復活するってやつ。ただお前の言う通り港が無いと他国との玄関口が無いからなぁ」

「ライヒナー侯も港は優先して復旧したいらしいが、先立つものが無くて進まないんだとか。国王陛下はグアン王国からの侵攻に備えるべく北東部に目を向けていらっしゃるが、商人としてはライヒナー侯爵領の開発を優先していただきたいところだなぁ……」

「……………」

流通、か。

商人たちもザルツシュタット港の復旧を望んでいるようだが、現在国王陛下はそちらへ関心を向けてはいないらしい。魔石の運搬しか目玉が無いと、中々に支援も難しいものなのだろうか？

明日登城した時に、王女殿下に相談してみるか。

翌日、服飾店でできあがったばかりの服を受け取り、四人で真っ直ぐ城へと向かう。

当然のように城門では衛兵に止められてしまったものの、王女殿下からの紹介状を見せたところ慌てて通され、そのまま中へと案内された。凄いな、王家の印。

廊下を辿って行き、そのまま中庭を通っていた時のこと。

その中庭では四十歳くらいと思われる一人の男性が、上半身裸で一心不乱に剣を振るっていた。長いプラチナブロンドに鋼と見まがう肉体を持つその男性の剣からは、一切の迷いが無い。

少し見ただけで凄腕の剣豪と分かる。

そしてその人を護るように立つ近衛騎士の顔に、俺は見覚えがあった。あれは……ディート
リヒさんと共にツェツィ様を護衛していた中年騎士だ。

「……む？　客人か？」

剣を振っていた男性がこちらに気付き、俺たちに声を掛けてきた。その言葉に反応し、案内
していた衛兵が男性に向かって最上級の敬礼をした。

「はっ！　以前〈解呪《かいじゅ》の魔石〉と回復薬をお作りいただきました付与術師様と錬金術師様、そ
のご一行です！」

「おお！　そなたらが！」

……今、そなたって言ったか。

まさか、このお方は……？

「はい、付与術師のリュージです。第三等冒険者です。こちらは――」

俺は名も知らぬ男性に対し、失礼がないよう慎重に仲間の紹介をした。

すると男性は、そうかそうかと俺に近づき、バンバンと馴れ馴れしく俺の肩を叩いた。

……しかし、近づいてはっきりと分かった。このお方、全く隙が無い。

「余はゲオルク・ローシュ・フォン・バイシュタイン。この国の王を務めておる。まあそう固
くならず、気軽によろしくな」

「ああ、よいよい。跪くな。ここは謁見の間ではないぞ」

「は、はい」

豪快に笑う国王陛下が、跪こうとした俺たちを右手で制止した。王女殿下と同じ対応をされてしまった。そういう血なんだろうか。

「そなたらはそんなに畏まらずともよいのだ。余の命の恩人なのだからな！」

「もったいなき御言葉です」

恐縮するなと言われても、馴れ馴れしくできるはずも無い。一国の王に拝謁したことなんて無いが、これで対応は合っているんだろうか。

「畏まるなと言うておるのに、まったく。……しかしな、本当に感謝しておるのだ。あの呪いはそなたの魔石のお陰ですっかり消え去ってしまったし、薬を飲んだら力が有り余ってしまってな、こうして鍛錬に励んでおるというわけだ」

なるほど、ただ単に趣味で鍛錬をされているワケではないのか。レーネの薬は凄いな。

と、レーネが一歩踏み出し、陛下を見上げた。なんだなんだ。

「陛下、畏れながら申し上げます。病み上がりなのですから無理はなさらないでください！」

ちょっと怒っている様子のレーネにそう言われて陛下は目を瞬かせたものの、再び豪快に笑い始めた。後ろの中年騎士も噴き出している。

「はっはっは！　これは一本取られたな！　だが鍛え直さねば、また何時不覚《なんどき》を取るかも分からんのだ！　許せ！」

「もう！　本当にお分かりなのですか！」

レーネのお陰で緊張していた俺たちも気が緩み、和やかな雰囲気へと変わったのだった。

レーネに怒られた陛下は鍛錬を切り上げ、「後で謁見の間に呼ぶからな」と言い残して中年騎士と一緒に去って行った。

「あの、もしかして、陛下と一緒にいらっしゃった騎士様は……」

俺は恐る恐る、案内役の衛兵さんに尋ねてみた。あの中年騎士、只者では無いと思っていたが……。

「はい、ゴットハルト・フォン・ホフマン騎士団長です」

「やっぱり……」

長く他国に居た俺だってその名前は聞いたことがある。ゲオルク国王陛下を護る高名な騎士で、公爵という地位にありながら陛下と共に前線で戦い続ける〈鋼鉄公〉と呼ばれる男だ。まさかあの時お目に掛かれていたとは。

「す、凄いよリュージ兄！　〈英雄王〉に、〈鋼鉄公〉だよ！」

ミノリが興奮している。それもそうだろう。お二方とも武人の中では伝説級の憧れの存在なのだ。


応接間に通された俺たちがしばし待っていると、侍女らしき女性を伴ってツェツィーリエ王女殿下がいらっしゃった。以前に二度お会いした時は軽装だったが、今日は美しい青色のドレスを身に纏っている。やっぱり正装してきてよかった。

「大変お待たせ致しました。お久しぶりです、リュージさん、レーネさん、ミノリさん。……それに、スズさんでしょうか？」

「はい、末妹のスズです」

俺の紹介で、スズは深々と頭を下げた。先ほど陛下の前でもそうだったが、らしからぬ緊張をしているらしい。少し顔が強張っている。

「そうですか、では、無事に救い出すことができたのですね。本当に良かったです」

「ありがとうございます」

王女殿下は心の底から安堵されているようだった。他人の痛みをきちんと理解できる、優しい姫様なのだな。

そして王女殿下から席に着くよう勧められ、侍女の方が報酬の残りを手渡してきた。

袋の中には決して少なくない金額が納められていた。聖金貨まで入っているな。これ、数ヶ月は遊んで暮らせるんじゃ……？　いや、遊んで暮らしたりはしないが。

でも、ちょっと多すぎる。

「あの、畏れながら殿下――」

俺がそう申し上げると、ツェツィーリエ王女殿下は何やら圧を感じる微笑みを浮かべた。

「ツェツィって呼んでください」

「……ツェツィ様」

「はい」

……城でもこんな調子なのか。ま、まぁそれはともかく――

「その、前もってお話をいただいた時より、多いように思えるのですが」

「はい、上乗せしております。……ああ、正当な上乗せと考えておりますよ？　わたくしがお願いしたのは〈解呪《かいじゅ》の魔石〉だけだったのですが、父上の身体を全快させるようなお薬までお譲りいただけましたし」

ツェツィ様は「お陰で前より元気になっていて、少し困っているのですよね……」と溜息を吐いた。確かに、さっき拝謁した時は無駄に元気が有り余っていたからな……。

「父上は、これとは別にお礼がしたいとも言っています。申し訳ございませんが、後で謁見の間へご足労いただきますので、ここでわたくしと一緒にしばしお待ちくださいね」

「こ、この上吏に、ですか？」

困惑する俺たちに、ツェツィ様はにっこりと微笑んでみせた。

「貴方がたはそれほどのことをなさったのですよ、胸を張ってくださいな」


ツェツィ様と談笑した後、俺とレーネだけがディートリヒさんの案内で謁見の間へと通されることになった。この騎士様も、スズを救出できたことについて大層喜んでくれた。いい人ばかりだ。

謁見の間はさすがに王家の威信を見せつける場所なだけあって、華美な装飾が為されている。バイシュタイン王国は小国などと揶揄されることもあるけれど、どれもこれも一級品のように見える。〈鑑定《アナライズ》〉で調べてみたい。そんなことは失礼なのでやらないが。

「面を上げよ」

先ほどとは打って変わって冠を戴きお仕事モードとなった陛下の一声で、跪いていた俺たちは顔を前へと向ける。

玉座にはゲオルク・ローシュ・フォン・バイシュタイン国王陛下。王妃の座には誰も居ない。確かだいぶ前に亡くなられたのだったか。

そして陛下の隣には王弟であり宰相のエルマー・フォン・シュテルン大公閣下。このお方も俺たちへ視線を向けてきているが、どこか品定めをしているような雰囲気が窺える。まあ、気軽に平民が拝謁していることをよく思わないのかもしれないが。

「付与術師リュージよ。此度は余のために〈解呪《かいじゅ》の魔石〉を作成してくれたこと、大儀であった」

「もったいなき御言葉です」

「そして錬金術師レーネよ。そなたの薬のお陰で、こうして再び余は立ち上がる力を取り戻すことができた。こちらも大儀であった」

「もったいなき御言葉でしゅ」

レーネが噛んだ。何やらぷるぷる震えている様子が視界の端に映っているが、はっきりと確認できないのが残念だ。

「そなたらには我が娘より依頼に対する報酬を渡しているが、余としてはそれと別に礼をしたいと思っている。何ぞ望みはあるか？」

さて、この陛下からの礼というものについて、俺たちは先ほどツェツィ様とお話をしている間に決めてある。

ツェツィ様には失礼にならないかを確認している。「父上は問題無いと思うのですが……」と言っていたので、国王陛下には検討していただけるだろう。

「はっ、僭越ながら、一つだけございます。身に余ることとの自覚はございますが、申し上げることをお許しください」

「よい。申せ」

国王陛下の許可は貰えたので、遠慮無く直訴することにしよう。

俺は唾を飲み込み、真っ直ぐ国王陛下を見据えて口を開いた。

「はっ、ライヒナー侯爵領、ザルツシュタットの港の復旧についてご支援を賜りたく存じます」

「……ほう」

意外すぎる内容だったのか、国王陛下は中空を見つめて考え込んでしまわれた。まさか政に関することを口にするとはお考えでなかったのだろう。

「ほう、政に民が口を挟んでくるとは思わなんだな」

どこか皮肉っぽい口調でそう言葉を漏らしたのはシュテルン宰相閣下だ。この御方にとってみれば政を取り仕切る立場なのだし、俺が申し上げたこととはつまり、宰相閣下のやり方に問題があると言っているようなものなのだ。皮肉を交えたくなる気持ちも理解できる。

「まあ、そう言ってやるなエルマー。民の目線でなければ分からぬ事情もあるだろう」

「しかしですな……」

諫められたがなおも口を挟もうとした宰相閣下と国王陛下が、政治的なあれこれの話を始めてしまった。あれ？　これ、俺たちが聞いてもいい話なんだろうか？

しかし聞いてみる限り、どうもこのお二方は意見が対立しているようだ。きっと政治的な何かとかあるのだろう。

結果として、ザルツシュタットの港については国王陛下に検討していただけることになった。実際すぐに支援がされなくとも、陛下の目が南西部へ向いてくれることが重要だし、これはこれで成功と言えるだろう。

「ふぅ……」

謁見の間から下がり廊下へ出た俺たちは、二人揃って深い溜息を吐いた。さすがに人生でこれほど緊張した体験もあるまい。

「レーネ、噛んでたな」

「いっ、言わないでください！」

レーネは顔を覆い、耳を真っ赤にしてしまった。褐色の肌を持つエルフはダークエルフと言うが、すぐに肌が赤くなるエルフは何と言うのだろう。ホットエルフか？

そんなどうでもいいことを考えつつ、レーネを弄りながらディートリヒさんと共に仲間の待つ応接間へと戻って行ったのだった。

そして、翌日未明のこと。
俺は胡座をかいている足から伝わる不快な冷たさに、顔を顰めていた。ミノリは向かいの房でここから出せと喚いている。ミノリと同じ房のレーネは座り込んで呆然と天井を見つめており、スズに至ってはどういう肝っ玉なのかこの状況でも眠っていた。

「………むぅ」

目の前には頑丈な鉄格子。今は魔石を持っていないし、一時付与術を使ってもこの檻から力業で抜け出すことは不可能だろう。

「まさか、こうなるとはな……」

腕を組み、俺は先ほど起きたことに思いを巡らせていたのだった。

拝謁が終わった後、俺たちは改めて国王陛下にお声掛けいただき、他愛も無い話に花を咲かせた。

特にミノリは陛下やホフマン騎士団長と気が合ったらしく、招かれた夕食の場でも剣の話で盛り上がっていた。スズはスズで宮廷魔術師の方々と懇意にさせてもらったらしいし、俺たちはこのラウディンガーで貴重な体験をさせてもらうことになったのだった。

そしてその晩、国王陛下のご厚意で客間を与えられ宿泊までさせてもらえることになり、上質な布団で眠りについていたのだが、廊下から聞こえる激しい金属音で否でも応でも目が覚めた。何事だ。

「……只事じゃないな」

俺はベッドから抜け出すと、寝間着の上から外套を身に着け、杖を取り、幾つか魔石を見繕ってから廊下に続くドアを開き、そっと外の様子を窺った。

果たして金属音の正体は——予想通り剣戟の音だった。男女の近衛兵が二人、ローブを身に纏った大柄な何者かと斬り結んでいるのが見える。曲者だろうか。

まあ、何でもいい。加勢すべきは近衛兵の方だ。

俺は〈フューレルの魔石〉の加護を受けるべく部屋の中に杖を投げ捨てて徒手空拳になると、一気にその何者かの方へと肉薄した。魔術を使ってもいいのだが誤射するのが怖い。

「加勢します！」

「ありがとうございます！」

二人の近衛兵とそのやり取りだけをして、深く足を踏み込み、俺に背中を向けているその曲者の背骨を目掛けて正拳突きを放った。のだが——

「いってぇ!?」

ガツンという大きな音が鳴り、俺は悲鳴をあげて拳を引く。予想に反して、拳に返ってきた感触は肉でも骨でもない何かだったのだ。何だこれは？

と、背後に居る俺の方へと曲者が振り向きざまに剣を振るう。慌ててバックステップでそれを躱した。一瞬遅れていれば腕を斬り飛ばされていただろう。

しかしその一瞬、廊下の明かりで照らされた曲者の顔を見て、俺は驚愕に目を見開いてしまった。

「こいつ……ゴーレムか！」

間違いなく、ローブのフードから覗いた顔は人間のそれではなかった。いや、正確に言えば顔など無かったために判明したのだが。魔力で周囲の状況を感知するゴーレムに目も鼻も必要無いからな。

となれば先ほどの感触も理解できる。素体が何かは分からないが、少なくとも俺が畑で作ったような土塊ではないだろう。肉を使ったフレッシュゴーレムだったらさっきの感触は無いだろうし、木材を素体としたウッドゴーレムか、はたまた石のストーンゴーレムか、鉄のアイアンゴーレムってところか？

「いや、ストーンやアイアンだったら俺の拳が砕けてたし、機敏には動けないな。ならこいつはウッドゴーレムか」

俺は痛む右手をぷらぷらとさせながら、ゴーレムの攻撃を躱し続ける。素体の強度を上回る攻撃を放てば倒せるのだが、あいにく注意が俺に向いているので一時付与を掛ける暇が無い。

だが、ここまで騒ぎがデカくなればそろそろ頃合いだろうと思い、俺は距離を取るために、いったんゴーレムの胸へ向けて上段後ろ蹴りを放った。

蹴りを受けたゴーレムは衝撃でたたらを踏む。その間に俺は距離を取った。何のためか？

十分に剣を振るえるスペースを作るためである。

そんな俺の予想は当たっていたようで、突如、一陣の風が俺の左後方から通り過ぎた。

「しっ！」

風の正体は寝間着のまま〈ペイル〉《貫け》と〈ヤーダ〉《抗え》を手にしたミノリで、義妹は小さく息を入れながらゴーレムの脇を一瞬で駆け抜けていった。

「………」

それまで剣を振るっていたゴーレムがピタリと動きを止め、ぐらりとバランスを崩したかと思うと、そのまま大きな音を立ててその場に崩れ落ちてしまった。一拍遅れ、胸の部分がぱっくりと水平に分割される。ちょうどそこにはゴーレムを動かしている合成魔核があったようで、それも綺麗に真っ二つとなっていた。

「合成魔核を正確に狙うとは、お見事だな。でも来るのが遅いぞ」

「ごめんってばー」

二振りの魔剣を手にしたまま、ミノリは俺に向かって不満そうに頬を膨らませたのだった。

「確かに、これは錬金術で創り出された合成魔核ですね」

こんな状況でもすよすよと眠り続けていたレーネとスズを叩き起こし、俺たちは現場検証を行っていた。

その道のプロフェッショナルであるレーネは、合成魔核を一目見ただけでそれが錬金術による産物であることを見抜いた。合成魔核の中には古代遺物というケースも有るのだが、どうやって見分けを付けているんだろうか。今度聞いてみるか。

「合成魔核とは何なのですか？」

一緒にゴーレムと戦っていた二人の近衛兵のうち、男性の方が質問を投げ掛けてきた。女性の方は上司へ報告に向かったらしい。騒ぎを聞き駆けつけた他の兵も居たのだが、この場はとりあえず片付いたので持ち場に戻ってもらった。他の場所でも襲撃があるかもしれないし。

「ええとですね、合成魔核は……このようなゴーレムや合成獣にとっては心臓のようなものです。錬金術によって創り出されることが多いですね」

質問に答えるべく、レーネは素人にも分かりやすい内容で説明を始めた。俺たち冒険者にとってはゴーレムの核など常識の範疇なのだが、近衛兵にとっては専門外の話なのだろう。

「リュージ兄、こっちも調べ終わった」

と、ゴーレムの説明をしていたところ、ゴーレムの侵入経路などを調べていたスズが戻ってきた。眠いのか、どこか不機嫌そうだ。

「ん、ああスズ、どうだった？」

「外に通じてる残存魔力、無い。たぶん侵入者じゃない」

「……なるほど」

　俺はその報告で、理解したくないことを理解してしまった。

　つまりこれは、城の内部に居る誰かがこの近くでゴーレムを起動したということだ。もちろんスズの調査が間違っている可能性だってあるが、この天才魔術師に限ってそれは無いだろう。

「さて、どう伝えたものかな……」

　俺はガシガシと頭を掻きながら唸ってしまった。内部の犯行ですよー、というのは陛下や殿下にはお伝えしづらいが、とはいえ事実なのだから報告しないワケにもいかないよな。

「って、おや？」

　悩んでいる間に、何やらガチャガチャという多くの金属音が廊下の奥から響き始め、俺は顔を上げてそちらに視線を向けた。見れば、鎧を着込んだ近衛兵が十人ほど向かってきている。もうこちらは片付いたのだし、応援にしては物々しすぎるのだが――

　何となく俺は嫌な予感を覚え、側に居るレーネと顔を見合わせてしまった。彼女もどこかしら不安そうな表情を浮かべている。

「現場はここか」

「はっ！」

十人のうち、鎧に徽章を付けている男性が問い掛け、一緒に現場検証を行っていた一人が敬礼を行う。どうやら上司のようだ。

徽章を付けた近衛兵は頷くと、俺たちの方へと向き直りこう告げた。

「貴様らを本件の実行犯の疑いで捕縛する！　連れて行け！」

「……は？」

……実行犯？

って、このゴーレムの主が、俺たちって言ってるのか？

「い、いや、ちょっと待ってください。俺たちは――」

理由も分からず混乱している俺たちの説明など聞く耳持たず、駆けつけた近衛兵たちは俺たちの腕を遠慮無く掴み、身体の後ろに回していく。〈フューレルの魔石〉があるので抵抗もできるのだが、おそらく今そうしたら厄介なことになりそうなので踏み止まってしまった。

一人、ゴーレムと戦っていた男性近衛兵だけが、困惑の表情を浮かべていた。

「……ん？」

地下牢で先ほどまで起きていたことをもう一度思い出していたら、何やら看守のものではない足音が聞こえてきたことに気付き、俺は顔を上げた。

「まさか、こういうことだったとはな」

兵を連れ俺たちの前に現れてそう言い放ったのは――昨日謁見の間で陛下と論戦を行っておられた、シュテルン宰相閣下だった。理知的な瞳の奥に、どこか怒りが混じっているように見える。

「シュテルン宰相閣下、こういうこと、とは、どういうことでしょうか。俺たちは理由も分からず捕らえられたため、それをご存知であればお教えいただきたいのですが」

そう、結局俺たちは何故にゴーレム騒動の犯人と思われたのか理由も知らされずに牢へと放り込まれたのである。だから宰相閣下に向けた俺の言葉に棘があっても仕方無いと言えるよな？

立ち上がって尋ねたそんな俺の思いを知ってか知らずか、閣下は深い溜息を吐いておられた。まるで出来の悪い教え子を前にしたかのように。腹立つな、おい。

そして――てっきり俺に説明をくれるのかと思いきや、閣下は俺に背中を向け、女性陣が放り込まれている房の方に向いた。

「あのゴーレムは錬金術によって産み出されたものだと報告があった。そこのエルフ、貴様が創り出したのだろう？」

「え、えぇっ!?」

自分が犯人だと言われ、レーネが目を白黒させる。おそらく、自分が錬金術師という事実以外脈絡が無さすぎて混乱しているのだろう。大丈夫だ、俺も混乱してる。

「閣下！　確かにレーネは錬金術師ですが、それをもって犯人と断定するのはいささか短絡的に過ぎます！」

「貴様！　どなたに物を申しているのか分かっているのか！」

たまらず口を挟んだら、振り返ったお付きの兵に怒鳴りつけられた。いや、確かに相手はおそらくこの国で最上位の貴族なんだろうが、難癖で牢にぶち込まれてはたまったものではないんだよ！

激高している兵を手で諫め、閣下は再び俺の方へと向き直った。

気のせいかもしれないが、その顔に一瞬愉快そうな色が見えたような――

「今更無関係を装っても無駄だ。そこのエルフの部屋から、ゴーレムに用いられたものと同じ種類の魔核が見つかっている」

「なっ⁉」

俺は驚きのあまり声を発した後、絶句してしまった。レーネの部屋からゴーレムの魔核が見つかった、だと？

そもそもレーネはゴーレム創造があまり好きではないと聞いている。たぶんレーネがエルフだからなんだろうが、自然の産物ではない物体に命を与えることに対して嫌悪感があると言っていた。

そんなレーネがゴーレムの魔核を持っているはずが無いのだ。つまり――

「俺たちは……嵌められたのか……」

俺は宰相閣下に聞こえない程度の小声でそう呟いた。だが耳が良いレーネには聞こえたんだろう。ハッと何か気付いたように顔を上げていた。

「本来であればこのような騒動を起こしたものは極刑でもおかしくは無いのだが――王都からの追放のみに留めることをありがたく思ってほしい」

まるで恩に着せるかのように前置きし、宰相閣下は俺に向かってそう告げた。その目は、まるでカエルを睨む蛇のように鋭いものとなっている。

だが、怯むものか。もしかすると過去同じように嵌められた人たちが居たかもしれないが、俺はこういう逆境ほど強くなるぞ？

そんな炎は内に秘めたまま、俺は「そうですか」と溜息を吐き、傍目には諦めた様子を見せた。閣下はというとその答えに満足したかのように頷いている。

「後ほど、王都の外まで連行する手筈となっている。所持品の幾つか以外は返す予定なので、野垂れ死ぬことはあるまい」

「……宰相閣下のご厚情に感謝します」

そう答えると、閣下は俺たちに背を向けた。戻るつもりなのだろう。

だが、これだけは確認しておかねばなるまい。

「宰相閣下、一つだけ確認がございます」

「なんだ？　言ってみるがよい」

閣下は背を向けたまま俺の言葉に反応してくれた。すっかりこちらが諦めモードになっていると思っているのだろう。

「この件、陛下とツェツィーリエ王女殿下はご存知なのでしょうか？」

俺のその質問に、一瞬だが閣下は肩を震わせた。

だが、その反応で十分だ。十分理解できた。

「……当然であろう。陛下も殿下も、酷く落胆していらっしゃった」

「分かりました、ありがとうございます」

そう言葉を投げ掛けたのだが、結局、宰相閣下が二度と振り向くことは無かった。


「何あれ！　何あれ！　何なのあれ！」

と、憤慨しているのはミノリである。まあ気持ちは分かる。俺も腹の中は煮えたぎっていたからな。

「まあ、落ち着けミノリ。怒っても腹が減るだけだ」

「だって、まるきり冤罪じゃない！　魔核があっただなんてデタラメ言ってさ！　リュージ兄もなんで言いくるめられてるの！」

「いや言いくるめられてなんかいないぞ」

腹芸のできないミノリの言い分に、思わず少し義妹の将来が心配になる。変な男に騙されなきゃいいんだが。

しかし、陛下と殿下が事情をご存知かと尋ねた時のあの反応、あれは間違い無く宰相が黙って動いているのだろう。アイツはクロだ。

「問題は、何故俺たちを排除するように動いたかだが……まあそれは後で考えるとして、スズ、起きろ」

諸々の推理は後回しにすると決め、俺は女性陣の房で寝こけているスズを起こした。声を掛けられ、むくりと起き上がる義妹。我が妹ながら大した度胸だ。

「……なに、リュージ兄」

「ツェツィ様へ〈念話《チャット》〉を試みてくれ。まあ期待薄だけどな」

「ん、分かった」

俺の思惑を理解したスズは、すぐに手で印を作り遠くの人物へメッセージを送る魔術、〈念話〉を使ってツェツィ様へ連絡を試みた。杖無しでも魔術が使えるというのは高い技術が必要なのだが、難なくこなせるあたりはさすがといえる。

だが失敗に終わったらしく、すぐに手の印を解き、かぶりを振った。

「途中に魔術障壁があって送れない」

「……まぁ、予想通りか。ならプランその二だな」

俺は外套に忍ばせていた一本の針金を取り出し、そう宣言した。さすがに短剣など武器の類は持ち出せなかったが、この手のツールは見つかることが無かったのだ。これを見逃してしまうとは、ここの近衛兵もまだまだ甘い。

「え……リュージさん、まさか……？」

「そうそう、そのまさか」

顔をひきつらせたレーネに軽くそう答えると、針金を持った右手を鉄格子の向こうへ差し入れて、逆側にある鍵穴に突っ込んだ。

耳を澄ましながら作業をすること約十秒。カチャリという小さな音が響いた。容易《たやす》いものだ。

「……リュージさん、盗賊の心得まであるんですか？」

あまりにも簡単に鍵を開けてしまった俺に対するレーネの視線が若干痛い。そんな目で見ないでほしいものだ。

「リュージ兄は鍵穴程度の機構は一通り学んでいるからねえ」

ミノリは苦笑している。こう言ってはいるが、ミノリもこの程度の鍵なら開けられるんだけどな。

「別に盗賊でなくとも朝飯前だ。さあ、とっとと出るぞ」

「でも……ここを出てしまったら立場が悪くなるのではないでしょうか？」

「じっとしていても同じだ。魔術障壁の向こう側まで行けばツェツィ様へ連絡することができるだろ」

俺は渋るレーネにそう言って鉄格子の反対側に出ると、女性陣の居る牢の鍵も開け放った。


「申し訳ございません、こんなことになろうとは……」

申し訳ないが待機部屋で寛いでいた何も知らない看守に奇襲を掛けて気絶させた後、スズに〈念話《チャット》〉を使ってもらってからツェツィ様に居場所を伝えると、王女殿下はすぐにディートリヒさんと一緒に地下までいらっしゃった。そしてレーネが精霊の力で俺たちの姿を隠してそのまま城内を移動し、密かに王女殿下の私室までやって来たというところである。

部屋に置きっぱなしだった装備も信頼できる騎士様方に持ち出してもらえたため手元に戻ってきた。魔石や杖があると無いとでは全く違うからな。

「いえ、ツェツィ様。……ちなみにもう一度確認させていただきますが、昨晩の騒動について何もお聞きではないと？」

「はい……。もし城内で侵入者が見つかった場合、わたくしに報告が上がらないはずが無いのです」

ツェツィ様は眉根を寄せてそうお答えになった。宰相と陛下、殿下で報告ルートは異なるかもしれないが、城の一大事が陛下と殿下に共有されないなどあってはならない。おそらく、どこかで情報伝達が止められたのだろう。

「そもそも、何故私たちを王都から追放しようとしたのでしょう？」

レーネが、先ほど俺が考えかけたことに至り首を捻っていた。まあ、そこに行き着くよな。

「ツェツィ様、質問ですが……バイシュタイン王国に王宮錬金術師という身分は有るのでしょうか？」

「はい、有りますよ。記憶が定かであれば、今登録されているのは三名でしたか」

「……なるほど、ありがとうございます」

俺はツェツィ様のお答えを頭の中で整理する。もし王宮錬金術師が居るのであれば、当然、登城することがあるだろうが、そちらは別に追放の憂き目に遭っていないようだ。

だったら、何故レーネなのだろうか。

「王宮錬金術師が居るのなら、何故レーネを追放しようとした……？　何故レーネは駄目なんだ……？」

「あの……リュージさん？　その言い方だと、私が駄目な子って言われてるようです……」

なんかレーネが言葉の端を捉えて凹んでいるが、俺は構わずぶつぶつと独り言ちながら考え込んでいた。

推理に頭を捻っていると、腰をツンツンと突かれた。振り向くと、スズがじぃっと俺を見つめている。

「……なんだ？」

「リュージ兄、駄目な子は、本当にレーネだけ？」

「スズちゃん……、その言い方はやめて……」

「どういう意味だ、スズ」

レーネが更に凹んでしゃがみ込んでしまい、ツェツィ様が慰めてくれているが——俺は構わずスズに尋ねてみた。

「錬金術とレーネは、単純に、追放するための理由、だと思う」

「駄目な子は本当にレーネだけか……、追放するための理由……」

いかんせんいつも言葉が足りないスズだが、俺はその説明に何か引っ掛かるものを感じていた。

追放するための理由。

誰を？　レーネに決まって——

「……そうか」

「何か分かったの、リュージ兄」

ツェツィ様と一緒にレーネを慰めていたミノリに向かって、俺はしっかりと頷いてみせた。

今なら分かる。何故に宰相があんな手段を講じてまで俺たちを王都から追放したかったのか。

つまり――

「スズの言う通りだ。駄目な子はレーネだけじゃない。俺も、ということか」

「ん。そゆこと」

俺の解へ無表情でもどこか満足そうに、スズが頷く。

そうだ。宰相はレーネだけではなく、俺も追放したかったのだ。理由については何となく理解できている。陛下へ掛けられた呪いに関わっているのだろう。

後は、宰相本人がそれに関わっていることを示せればいいのだが――

ちなみにとうとうレーネが泣き出し、俺とスズの二人はツェツィ様とミノリから説教されることになった。こっちも冤罪なのに。


「面を上げよ」

謁見の間に、国王陛下の厳かな御言葉が響く。これを拝聴するのは二度目だ。

あの後、俺たちはツェツィ様と共に一つの策を考え、今こうして堂々と再び陛下に拝謁を賜っている。今回は俺とレーネだけでなく、ミノリとスズも一緒だ。

　そして宰相だけでなく、〈鋼鉄公〉――ホフマン騎士団長の姿もある。何故今回この場に騎士団長もいらっしゃるのか、それにはきちんとした理由があるのだが。

　ちなみに視界の端に捉えた宰相の様子は、先日と変わり無いようだった。まあ、こんなところでボロを出すようでは貴族社会でやっていけないのだろう。

「さて、諸々の話については娘から聞いておる。大変だったようだな」

「もったいなき御言葉にございます」

　しれっとこんな風にやり取りを行っているが、諸々の話――俺たちが捕らえられ王都を追放されそうになったことなどはツェツィ様を経由して伝えられたのではなく、実は先ほど直接陛下にお話ししている。

　とはいえ、陛下には「そなたらには恩が有るものの鵜呑みにすることもできん。機会は設ける故、自らの疑いを晴らしてみせよ」と釘を刺された。そしてその機会が今この場というワケである。

「そなたらは昨晩、夜中に騒ぎを聞きつけ駆けつけたところ、近衛兵が不審者と戦っていたために加勢した。その不審者は錬金術の産物であるゴーレムであり、錬金術師であるレーネへと疑いが向けられ捕縛された。これは事実であるな？」

「はい、事実です」

俺は陛下の御言葉に間違いが無いか一言一句頭の中で噛み砕いた後、しっかりと頷いてみせた。これは単純な「今までのおさらい」、ではない。この場での虚言はつまるところ国王陛下に対しての反逆に当たるため重罪となる、重要な確認なのだ。

俺の答えに「ふむ……」と熟考する陛下。いや、この辺りは事前にお伝えしているので悩みどころではなく、演技なのだろうが。

「だとすれば、おかしいな。何故その件が余まで上がっておらぬ？　ゴットハルト、何か聞いてはおらぬか？」

陛下が「本当に何も聞いていない」と言外に武官のトップであるホフマン騎士団長へとそう問いかけをなさったが、騎士団長はかぶりを振って否定した。

「いえ、陛下。畏れながらその件について某は把握しておりませぬ。近衛兵で情報が止まっているとすれば由々しき問題であり、即刻、関わった兵について調べを進めましょうぞ」

「そうだな、そしてその責は武官を統べるゴットハルトに在ること、努々《ゆめゆめ》忘れるでないぞ」

「……はっ、申し開きもございませぬ」

ホフマン騎士団長が恭しく頭を垂れる。たぶん情報が止まった原因は報告ルート上に宰相の息が掛かった兵が居たということなのだろう。

「まあまあ、陛下。ゴットハルトが末端の一人にまで教育できるわけでもございませぬ。責任の所在を求めても酷というものですぞ」

……と、宰相はしれっとホフマン騎士団長へ恩を売るようなことを言い出している。自作自演と言うか、何と言うか……何もご存知でない騎士団長が可哀想になってきた。

「エルマーには、何か情報は入っておらなんだか？」

「いえ、全く存じませぬ。そもそも武官側が情報を上げねば、私に情報が回ってくることもありませんからな」

宰相は困ったような演技で堂々と嘘を吐いている。いやいや、お前わざわざ地下牢までやって来ただろうが。知らんワケが無いだろう。

やっぱりそんな簡単に尻尾を出してもらえないよな。関わった兵をこれから調べたとしても、根回し済みだったり、既にその兵は居なかったりするのだろう。だからここまで自信満々に答えられるのだ。

「…………」

隣のミノリが物凄い形相になっている。いかんな、嫁入り前の女の子がそんな顔をしちゃ。もう少し腹芸を覚えてほしいものだが。

そんなことを考えていると――突然、背後の大扉の向こうが何やら騒がしくなってきた。

「騒がしいな、何事――」

国王陛下のその御言葉が終わらぬうちに、背後の大扉から轟音が鳴り響いた。

さすがにこの状況で跪いてもいられず、俺とミノリは咄嗟に立ち上がり振り返る。スズはマイペースでのんびりと動き出し、レーネは……転んでいる。何故だ。

「……これは……？」

目の前の光景に、思わず眉根を寄せながらそう呟いてしまった。

そこにはひしゃげて折り畳まれてしまった金属製の大扉に、突然の衝撃で吹き飛んだ衛兵たちが転がっていた。皆、呻き声をあげているので生きてはいるようだが――

「……ストーンゴーレム、か」

そう、謁見の間に飛び込んできたのは、昨晩戦ったものと同じように顔の無い人形ではあるものの、大きさで言えば二回りほど大きい石製の個体だった。

石巨人に目など存在しないが――その視線は真っ直ぐ俺を見ているように感じられる。つまるところ――

「なるほどな、狙いはハナから俺だってワケか」

そう、駄目な子はレーネではなく、俺だったのだ。

それに、関わった兵への根回しなどする必要も無いということなのだろう。俺たちを消せば済む話なのだから。

「三人とも！　俺がこのデカブツの相手をしてる間に装備を貰ってこい！」

「わ、分かった！」

俺の一喝に応えたミノリとスズ、遅れてレーネがゴーレムを避けるように大回りでひしゃげた大扉の方へと走り出した。この謁見の間に入る前に全員武器などを預けたのだが、俺は魔石さえあれば徒手空拳で戦えるからな。

「怪我をしている者は後退しろ！　無事な者は武器を取り応戦せよ！」

ホフマン騎士団長の号令で速やかに衛兵たちが動き出した。動けないほどの怪我を負っている兵も居たものの、無事な兵により運ばれて行った。

いや、今は他人の心配をしている場合ではない。狙われているのだから、俺こそ応戦しなければ。

『ゴォォォ……』

口の無い身体のどこからか重低音を鳴り響かせながら、ゴーレムが俺の方へと一歩を踏み出し、ゆっくりとその拳を放ってきた。それを冷静に右側へと移動して躱す。

いや、身体がデカいのでゆっくりに見えるがそうでもない。さすがにウッドゴーレムのような機敏さは無いものの、当たったら骨が砕けるだろう。〈金剛〉なんざ紙切れのようなものだ。

「ゴットハルト！　余も加勢するぞ！」

「なりませぬ！　陛下はお下がりくだされ！」

背後からそんな声が聞こえる。いつも戦争では御自ら前線に出ておられるし、士気を上げる目的ならばいいかもしれないが――

「畏れながら申し上げます。陛下、ここは冒険者の領分です」

俺はゴーレムの攻撃を躱しながら背後の陛下へとそう断言した。現に、衛兵たちの槍による攻撃は意味を為していないようで、穂先が曲がったりして戦えなくなっている様子が窺える。だから士気を上げたところでどうにもならないのだ。

「正面のゴーレムは俺たちが片付けます。ですので、陛下は背後にお気を付けください！」

そう申し上げてから、ちらりと宰相の顔を窺ってみる。

その口端は上がっており、そして声は聞こえずとも、口がこう動いたように見えた。

やれるものなら、やってみろ、と。

さて、冒険者の領分と言ったものの――さすがに一人素手で戦ったところでストーンゴーレム相手に傷を負わせられるワケも無い。

「はぁっ！」

左真横の死角に回り込んでゴーレムの右足に蹴りを放つ。が、ビクともしない。そりゃそうだよ。こんなものでダメージが通るかっ。

「リュージ兄、お待たせ！」

俺が竜にちょっかいを出す小動物の気持ちになっていたところ、やっとミノリが〈ペイル《貫け》〉と〈ヤーダ《抗え》〉を携え戻ってきた。よしよし、これでダメージが与えられるだろう。

「いつも通り足を狙え！　デカブツは足が弱点だ！」

「りょーかい！」

デカい身体を持つ魔物は、足を傷つけられるとすぐにバランスを崩す。ゴーレムには痛覚は無いのでそれでも攻撃の手を緩めることは無いだろうが、機動力が無くなれば危険は少なくなる。

「りゃあああ！」

ミノリが二振りの魔剣のうち、鋭利で攻撃に向いている右手の〈ペイル〉でゴーレムの大きな左足を横薙ぎに払った。ぎゃりり、と嫌な音が鳴ったものの、砕けた石が舞ったので効果はあるようだ。

「手！　手がしびれる！」

「レーネとスズが来るまで凌《しの》げ！　ゴーレムの動きを止めてもらってから付与を掛けてやるから！」

ミノリが目の端に涙を滲ませて抗議したので、俺は攻撃を躱しながら投げやりにそう言ってやった。付与を掛けるにしても俺が狙われていたらする暇が無いのだ。

「リュージさん！　お待たせしました！」

「リュージ兄、待った？」

「待ったよ待ちくたびれたよ！」

謁見の間の入り口とを往復しただけで何故か息を切らせているエルフと、呑気に歩いてきたマイペース魔術師がやっと戻った。その様子に思わず不満の声をあげてしまったが、これで十全に戦えるというものだ。

「レーネとスズはゴーレムの足止めをしてくれ！　その間に俺がミノリに一時付与を掛ける！」

「分かりました！」

「ん」

俺の指示で、レーネはマジックバッグを漁り始め、スズが詠唱に入る。戻ってくるのが遅かったものの、この二人ならばゴーレムの力を大きく削ぐことが可能なはずだ。

「偉大なる魔術の神よ、その力の片鱗を我が手に、あの石人形を撃ち抜く鉄槌をください、〈雷帝の槌《ミョルニール》〉」

スズの高等魔術が発動し、不可視の槌がゴーレムに叩き込まれた。それでもバランスを崩してよろめくに留まったが、続けてレーネの一撃が待っている。

「二人とも、そこから離れて！」

レーネが言うが早いか、俺とミノリはその場を飛び退いていた。彼女が爆弾らしき物体を手にスタンバイしていたので、俺たちは先手を打って離れることができたワケだ。

一拍遅れ、いつも通り正確な投擲でゴーレムに吸い込まれる爆弾。直後、腹の底に響き渡るような轟音が鳴る。そんな轟音にもかかわらず、爆発はゴーレムの左足をバラバラに砕くだけに留まったため、周りへの被害は無いようだった。凄いなこの爆弾。威力を一箇所に集中させられるのか。

おっと、感心している場合ではない。ゴーレムが移動できない状態になったのだ。ミノリに付与を掛けてやらねば。

「レーネ！　同じ爆弾を投げてくれ！　その間にミノリの剣へ付与を掛ける！」

「了解です！」

役に立っているのが嬉しいのか、レーネがふんすと鼻息の音が聞こえてきそうな勢いで元気よく答えた。

「リュージ兄、もし爆弾で魔核を壊せるなら、あたしへの付与は要らないんじゃない？」

「それもそうだが、念のためだ、念のため」

ミノリの疑問もごもっともではあるのだが、俺は何故だかそう簡単にいかないような気がしてならなかった。

何しろ、謁見の間の片隅で高みの見物をしている宰相の表情は、未だ余裕に満ちているからな。

「リュージの名において、何をも貫く刃と化せ、〈鋭利《シャープネス》〉！」

ミノリの〈ペイル〉へ武器の攻撃力を増大させる一時付与を施す。これで石すら紙のように切り裂けるようになるだろう。

「えっ、嘘っ⁉」

一時付与も施し、さあ戦いに戻ろうと二人でゴーレムの方を振り返ろうとした時、レーネのその声が聞こえた。

「……なっ」

「えっ」

俺だけでなく、ミノリも己が目を疑ったと思う。

砕けたはずのゴーレムの左足が、一分も経たぬうちに再生し、拳を振り上げていたのだから。

「くっ！」

俺は迷わずミノリをゴーレムの攻撃範囲の外へと突き飛ばす。

そして、ゴーレムの右腕が俺へと迫り――

「リュージ兄！」

突き飛ばしたミノリが叫ぶ声が聞こえたが、応える余裕は無い。このまま何もせずに待っていれば、ゴーレムの右腕が俺を潰してしまうだろう。

俺は咄嗟に右足を左足の左側へ動かし、身体を右回りに捻る。これにより、俺の身体は半歩ほどゴーレムの正面から左へと逸れる。

身体を捻った勢いを殺さず、左拳を落ちてきたゴーレムの腕にぶつけた。反動で俺の身体が僅かに動き、潰されることは免れる。

が、ゴーレムの腕に触れたことによる勢い自体は殺すことはできずに、俺は馬車に撥《は》ねられたように吹き飛び、柱の一本に叩き付けられることになった。

「ぐぅっ！」

「リュージさん！」

倒れた俺に駆け寄ったのは、声からしてレーネだろう。頭は打っていないので意識ははっきりしているのだが――

「全身が痛ぇ……」

「当たり前です！」

治療薬を探しているのかマジックバッグを漁っているレーネに怒られてしまった。仕方無いじゃないか、あのままだと潰されて死んでいただろうし。

「よっくもリュージ兄を！」

怒りの声をあげたミノリの魔剣が、付与の力でゴーレムの右足を易々と斬り飛ばす。再びゴーレムは片足を失い、その場に倒れる。

だが、斬り飛ばした右足の付け根が、あろうことか床の石材を取り込んであっという間に再生してしまう。なんだなんだ、この再生能力は。こんなゴーレム見たことが無いぞ。

「ミノリ！　魔核を狙った攻撃を――」

「リュージ兄、待って。魔核は狙っちゃ駄目」

俺がミノリへ指示を出そうとしたところで、いつの間にか俺たちのところへ近付いていたスズがそんな言葉を差し込んできた。

「……スズ、魔核を狙っちゃ駄目ってのは、どういうことだ？」

「考え、ある」

困惑している俺とレーネに対して、スズは相変わらずの無表情でそう答える。

まあ、この天才魔術師が言うのだから、本当に何か考えがあるのだろうが――

「だけど、魔核を狙わないと倒せないぞ。あの再生能力じゃどうしようも無い」

斬っても斬っても瞬時に床石を取り込んでしまうのだ。魔核を壊さない限り止まらないだろう。

そんな心配をよそに、スズは「それも考え、ある」と答える。マジかよ。まさかとは思うがストーンゴーレムの再生能力を封じる魔術でも持っているのか？

「でも、そのためにリュージ兄とレーネの協力が必要」

「俺と……」

「わ、私?」

「ん」

理由も分からずそんなことを言われ、再度困惑する俺たち。

「あと、レーネ。油持ってる?」

……ストーンゴーレムは燃えないし、油なんて役に立たないと思うのだが……。

さすがに天才魔術師様の言っていることに不安を覚え始めた、俺とレーネなのだった。


ミノリがしつこくゴーレムの足を斬り飛ばしている間、俺はレーネの治療を受けてようやくの復活を遂げていた。本当にレーネ印の薬はよく効くな。

「準備はいいな? なら、手筈通りに行くぞ」

「分かりました!」

「ん」

レーネとスズに確認した後、俺は立ち上がり、ある一時付与術の準備を始めた。

この付与術は己の肉体の力を極限まで高め、次の一撃の威力を跳ね上げる効果がある。杖を持っていないため詠唱に時間が掛かってしまうのがネックなのであまり使ったことは無い。

だが、今がコイツの使いどころと言えよう。

「リュージの名において、我が肉体に何をも砕く力の一端を与えん、〈砕《クラッシュ》〉！」

詠唱が終わり、身体に力が宿っていることを確認し、俺はミノリが時間稼ぎしてくれているゴーレムのもとへと近付いた。

「ミノリ、もう攻撃しなくて大丈夫だ」

「え、でも――」

俺は何か言い掛けたミノリを手で制し、石巨人と対峙する。ゴーレムの足は床石を取り込み過ぎてかなりの太さになってしまっていた。この足で蹴りでも食らったら身体が原形を留めなさそうだな。おお怖い。

「さて、やるとするか」

俺は両の拳を握り締め、肘を腰へと引きつけゴーレムの正面に構えた。その間に石巨人も両の拳を合わせ、俺の頭上へゆっくりと振り上げていた。

そして、ゴーレムの拳が落ち始めた瞬間に、俺は床を蹴ってその懐へと飛び込んだ。ここならば攻撃を受けることは無い。

背後でゴーレムの拳が床へと叩き付けられた音が鳴ったが、構わず自分の攻撃のために左手と左足を前へ、右拳を腰の後ろへと引きつける。

そして思いっきり左足を踏み込み、上段正拳突きをゴーレムの腹の部分に叩き込んだ。

「チェストォォォ！」

そんな咆吼と共に、〈フューレルの魔石〉と一時付与の力により俺の拳から放たれた衝撃がゴーレムの全身を駆け巡る。

あっという間にそれはゴーレムの表面にヒビという形で現れ、溢れた力は裂け目を広げ——石巨人は魔核を残して砕け散ってしまった。

砕けたとはいえこのまま放置すれば瞬時に再生するのだが——

「レーネ！」

「はい！」

すぐにその場を離れつつレーネを呼ぶと、準備していた彼女は油の入った瓶をゴーレムへと投げつけた。

油瓶は普通に割れて中身が撒き散らされただけだ。このままでも効果はあるが、スズにトドメを刺してもらおう。

「妖精のいたずら、つむじ風をその形で現せ、〈旋風《ワールウィンド》〉」

スズの短い詠唱が終わったその瞬間、油瓶が割れた場所——つまりゴーレムの魔核が落ちているその場所で、つむじ風と言うには強すぎる風が巻き起こり、その場の油が渦を巻いて石に貼り付いていく。

その間にもゴーレムは再生を行う。そのはずなのだが——

「あ、あれ？　なんか周りの石がくっ付いていかない？」

困惑しているのは、一人で時間稼ぎをしていたために策を知らされていなかったミノリである。

そう、ゴーレムは新たな石を貼り付けて再生する仕組みだったのだが、それならば再生能力を阻害する魔力を与えた油をぶつけてしまおうというのが今回の作戦だったのだ。そのためには一度ゴーレムの身体を破壊して魔核を剥《む》き出しにする必要があった。だから俺の力も必要だったのである。

「人体でいうなら毒を取り込ませたようなものか。さすがは天才魔術師様だな」

「えっへん」

呆れの混じった賞賛を投げ掛けてやると、その天才魔術師様はいつも通りの無表情で、得意気に薄い胸を反らしたのだった。


もうゴーレムが再生しないことを確認し、大きな魔核を持ち上げ——ようとしたが油で滑って持ち上がらないので諦める。

「で、無傷の魔核をどうするんだ、スズ」

「ん……」

俺に問い掛けられたスズはというと、ちらりと国王陛下の方へと視線を向けた。

「……余がそちらに向かえばよいのか？」

「ん。……じゃ、なくて、はい、です」

意図を汲み取った陛下のご質問を受け、敬語が苦手なスズが辿々しく答える。……後で義兄として礼儀作法をしっかりと教えておこう。

「いけませぬ！　まだ何か危険が――」

「エルマー、少々黙っておれ」

初めて見せる慌てた様子の宰相が陛下を止めようとしたが、ピシャリと拒絶されて絶句する。いい気味である。

陛下がお側にいらっしゃったところで、スズが魔核に向けて杖を翳し詠唱を始める。この魔術は初めて見るな。

「そのものの歴史を繙《ひもと》くため、辿った過去をここに映せ、〈追憶《リメンバリング》〉」

詠唱が終わった瞬間、目の前に映し出された光景。

それは、何ということも無いただの取引現場だった。

ただし、取引をしている人物が――宰相と錬金術師で、やり取りされた品物が合成魔核でなければ。

『昨日の魔核は壊されてしまった。もう少し丈夫なゴーレムが必要なのだが――』

これまでの犯行に対する裏付けをするように、映し出されている宰相は、目の前の錬金術師へ相談を持ち掛けていたのだ。

ついでに会話の中身で判明したが、陛下に掛けられた呪いもコイツの仕業だったらしい。陛下も予想はしていらっしゃったが、追及する手間が省けたというものだろう。


「これはどういうことだ、エルマー?」

陛下の鋭い視線と問い掛けを受けた宰相は、真っ青な顔で口をパクパクとだけ動かしている。まさか、合成魔核の記憶を掘り出されるとは思っていなかったのだろう。

いや、もしかしたらそれも予想していたのかもしれないが――たぶんスズが魔核を壊すなと言った理由は、これを見せるためだったのだ。壊したらこの魔術が使えなかった。宰相はまさか壊さずにゴーレムを斃しきると思っていなかったのだろう。

「こ、これは、その者たちにとって都合のいい幻覚を見せているだけです!」

「苦しいぞ、エルマー。先ほど彼女が使った魔術は裁判で利用されるものだ。れっきとした証拠となることくらい、そなたも分かっておるだろう?」

陛下はそう告げ、周りの衛兵へ「捕らえよ。映し出されていた宮廷錬金術師も探せ」との命令をお出しになった。

しかし、裁判で利用される魔術か。道理で見たことが無いワケだ。どこでこんな魔術を覚えたのか知らないが、知識の吸収に貪欲なスズのことだし興味本位で覚えたものがたまたま役に立っただけというオチも有り得る。

「陛下！　話をお聞きください！　私は冤罪です！」

引っ捕らえられた宰相は騒ぎ立てながら、破壊された大扉の向こうへと連れ去られて行った。行き先はおそらく地下牢だろう。意趣返しはできたようで何よりだ。

「なーにが冤罪よ、あたしたちに罪を着せようとしたクセに」

一緒に宰相を見送っていたミノリが、べー、と舌を出して毒づいていた。我が義妹ながら、まだまだ子供っぽいなぁと思ってしまった。


あのストーンゴーレムの騒動から三日。

陛下からは「もっと滞在していてもよいのだぞ」とのありがたい御言葉を賜っていたものの、色々とやることはあるので、俺たちはザルツシュタットへ帰ることにした。

「そなたらには世話になった。本当はもっともてなしたいところではあったが、諸々の政務が忙しくてな、許せ」

「とんでもないです。身に余る光栄です」

俺たちはわざわざ城門の前まで見送りまでしていただいた陛下とツェツィ様に対して、深々と頭を下げた。

宰相であるシュテルン大公が捕らえられた為、陛下は途端にお忙しくなられたらしい。無理も無い話だよな。

「エルマーに合成魔核を渡していた宮廷錬金術師についても身柄を確保することができた。どれもこれもそなたらの功績だ。謝礼を弾みたいところだったが……」

陛下は渋い表情で言葉を濁された。宰相が陛下に呪いを掛けたという事実を洗い出した俺たちの功績は理解しているが、あれだけ派手に謁見の間を壊されているのだ。陛下が掛かる費用に頭をお悩ませでいらっしゃるのも仕方の無い話だ。

「いえ、どうかお気になさらないでください。ただ、できれば今後も俺たちの工房をご贔屓《ひいき》にしていただければ幸いです」

「はっはっは！　もちろんだ、こんな腕のいい付与術師と錬金術師は居らぬからな！」

豪快にお笑いになる陛下。ツェツィ様だけでなく陛下とのコネクションができたのは心強い。今後、国からの依頼が舞い込んでくる可能性があるのだ。

「おっと、リュージよ。大事なものを渡しそびれていた。……おい、あれを」

「はっ！」

陛下の合図で、近衛騎士の一人が俺に一通の分厚い手紙を持ってきた。渡された手紙には当然のように王家の印が押されている。

「それを、ライヒナー侯爵へと渡してほしい。ザルツシュタットの港について支援を行う計画が書かれている。大事なものだからな、頼むぞ」

「本当ですか⁉　ありがとうございます！」

港が復旧されれば流通も元に戻る。俺はレーネと顔を見合わせて、嬉しさのあまり二人で顔を綻ばせた。

「何、構わん。そなたらの功績にはそれだけでも足りん。また何かあれば、今度は余からも依頼をさせてもらおう」

「ふふ、よろしくお願いいたします、陛下。ですが、王女殿下のように御自らがいらっしゃることの無きよう」

「すまぬな、娘にはきちんと言い聞かせておく」

レーネが釘を刺し、陛下も苦笑を浮かべたところで自分のことだとお気付きになられたツェツィ様が、顔を真っ赤にして俯いてしまった。責任感があるのは大事なことだが、唯一人の王位継承者が自ら足を運ばれるのは問題があるからな。

俺たちは陛下とツェツィ様、そしてお世話になった方々へと別れを告げ、城を後にしたのだった。

§

「クソッタレ！　ここまでは足取りが掴めてるのに、リュージの野郎はどこへ行った！」

リュージたちがザルツシュタットへの帰途に就いた数日後のこと。

ラウディンガーの酒場では、ガイがテーブルを叩き吠えている姿があった。ベッヘマーでリュージに負わされた怪我がやっと完治し、ショーンが聞き込みをした結果、やっとのことでここまでリュージたちを追い掛けることが出来たのである。

しかし、ガイたちは城下町で聞き込みを行ったものの、宿に一日だけ泊まった形跡までは確認できたが、それ以上の足取りが掴めずにいた。

それもそのはずである。リュージたちは城下町で一泊した後は王城に宿泊していたのだ。彼らが足跡を追えずにいるのもさもありなんといったものである。

「リ、リーダー、そろそろリュージを追うのはやめましょうよ。路銀だって馬鹿にならないッスよ」

ショーンの言う通りで、彼らがここまで旅をするにも金が掛かっている。その分はマリエへの借金で首が回らないガイの代わりにショーンが支払っているのだ。

「あぁ⁉　俺に真面目な労働で金貨五百枚分の借金を返せってのか⁉　確実に持ってるリュージから取り返せばいいだろうが！」

ガイは取り返せばいい、などと簡単に言っているが、そもそもリュージは決闘の際に彼を借金で縛り付けるために条件にしたのだ。たとえガイがリュージに頭を下げたとて、金が戻ることは無い。

「だいたい、〈覇者の剣〉は折れちまったし、マリエには金貨五百枚分の借金がある……。第六等の依頼で返せるワケがねぇだろ！」

そう、リュージとの決闘の後、ガイは事前に呈示された条件である第四等ではなく、第六等冒険者にまで落とされていたのである。

その理由は、決闘の際にマリエとショーンの力を借りたから、である。同様に彼女らも二等級下げられ第四等まで落ちている。債権者のマリエはともかくとして、それでもショーンはガイを見限っていないのだから、彼の子分根性も筋金入りである。

「マリエから逃げようとしても、ギルド証に債務者の烙印がある限り冒険者ギルドの転籍は自由にならねぇ……。クソッ！　どいつもこいつもあのリュージのせいだ！」

ガイは念書も無い状況だったためにマリエからの借金を踏み倒そうとしたが、彼がマリエから五枚の聖金貨を奪ったことについて証人は山ほど居り、ギルドマスターであるイーミンに圧力を掛けられて正式に念書を書かされてしまい、逃げ場が無くなったのだ。

ちなみにマリエの方はといえば、リュージの捜索を続けている二人に呆れ、一人ラウディンガーの城下町へ繰り出している。彼女にしてみればリュージへの執着などどうでもよく、ただガイに金を返してほしいだけなのだ。

「荒れておるな、冒険者殿」

と、いい加減ショーンがガイの酒を止めようとしていたところ。

フードで顔を隠した一人の男が彼らに声を掛けてきたため、ガイはジョッキを傾ける手を止めてその男を睨み付けた。

「……なんだ、誰だテメェ」

いくら第六等冒険者に落とされたとはいえ、今までの経験が消えるワケではない。ガイはその男にうさんくさいものを感じ、警戒を緩めること無く低い声で問うた。

「まあ、待て。リュージと言ったか？　その男の行き先は知っているぞ」

「……いくらだ？」

情報には情報料を支払うのが世の常である。ガイは「どうせ話を盗み聞きしていた詐欺師の類だろう」としか思っておらず、相場と話の内容次第では追い返すつもりで再びジョッキを傾け始めた。

「いや、金は要らん。私もあの男には借りがあるのだ」

「……なんだと？」

その言葉に、ガイはピタリと手を止めて男を見つめた。

ガイには男の瞳に昏い復讐の炎が渦巻いているように見えたため、すぐにこの人物の情報が真実であると判断した。

「……いいぜ、話、聞こうじゃねぇか」

「ああ、私の代わりにあの男を――始末してくれ」

乗り気になったガイに向けた瞳の昏い炎を絶やさぬままに、脱獄し逃走中の元宰相、エルマー・フォン・シュテルン大公は口端を吊り上げ笑ったのだった。

第六章　そのためなら、義兄の威厳などかなぐり捨てよう

「やあ、すまない。お待たせしてしまったね」

　応接間に通されレーネと二人で待っていたところ、四十歳くらいの気さくな感じの方が、頭を下げながらやって来た。あまり貴族には見えないのだが、このお方はれっきとした上級貴族、侯爵の地位にある人物である。

「いえ、そんなことはございません。お忙しい中こうして時間をお作りいただきありがとうございます」

「ふふ、礼儀正しい青年だね。おっと自己紹介だ。私がヴァルター・フォン・ライヒナーだよ。光栄にも国王陛下からは侯爵という地位を賜っている。よろしくね」

「リュージです。第三等冒険者の付与術師です」

「レーネと申します。同じく第三等の錬金術師です」

　立ち上がって自己紹介を済ませた俺たちは、「まあまあ座って」と言われ、改めて腰を下ろした。平民相手に気さくな方だ。こんな貴族は珍しいだろう。

「君たちのことは陛下からいただいた文にも書かれていた。優秀な付与術師に錬金術師だとね」

「光栄ですね」

「それに――領内では噂になっているが、一晩で作物が実る畑を生み出したとか」

ライヒナー侯の瞳がキラリと光る。まあ、領主だったら既にその話も耳に入っているか。

「お陰で流通こそまだ戻っていないものの、野菜については領内で多く出回ってくれている。良ければ他の畑も、同じような処置をしてくれないか？」

「そうしたいのは山々ですが……申し訳ございませんが不可能です。できたとしても運次第となってしまいます」

そう答えると、割と深刻な悩みなのかライヒナー侯は溜息を吐いてしまった。

俺としても何とかしたいが、『ギフト』の効果を持つ魔石は狙って産み出せるものではない。

「そうかー……、実は他の農家から悲鳴があがっていてね、何とかしたいのだけど……」

そりゃ、一晩で作物ができる畑が生まれてしまっては、他の農家は商売あがったりだからな。

自分の農地を棄ててラナたちの下で働き出した農民も多いらしい。賢明な判断と言える。

が、先祖代々伝わる土地を棄てたくない、という農家だって多い。そんな人たちは厳しい条件の中で野菜を作り続けるワケだから、俺たちやラナたちに恨みを持ってしまっている可能性も十分にある。それもあるので、今はミノリとスズが付きっきりでラナたちを護衛してくれている。

「……まあ、その話はまた後、ということで、今は港のことだね。君たちが国王陛下に掛け合ってくれたお陰で、港が復旧される目途が付いた。ありがとう」

「いえ、流通が戻れば俺たちにも恩恵がありますので」

「君たちは付与術師に錬金術師だしね。魔石や薬を購入してくれるお客さんが居ないのは死活問題だもんね」

主に魔石や薬を購入していくのは冒険者である。街に勢いが無ければ冒険者は出て行く。だから街の趨勢《すうせい》が重要になってくる、というワケだ。

「計画では、三ヶ月後には港の復旧が終わるだろう。半年以上も復旧できなかったというのにこうして急ピッチで直すことが決まるとはね。夢みたいだよ」

ライヒナー侯も手元のお金だけで直そうと必死に遣り繰りしていたのだろうけど、人が出ていく一方だから税収も減ってしまったらしい。俺たち冒険者も所属しているギルド経由で決して少なくない税金は納めているし、冒険者が減っていることも一因なのだろうな。

「港が復旧されれば、海外との取引も再開されるのでしょうか？」

「まあ、それは船乗りさんが戻ってくるかとか別の話になってはくるけどね。国王陛下主導で港が復旧されることを大々的に宣伝すれば、きっとまた大陸南西部一の港として栄えるだろう」

「それはありがたいですね、レーネ、集まるまでに船乗り向けの魔石や薬を作っておこう」

「あはは、リュージさんはさっそく商売に目を向けているんですね」

レーネとライヒナー侯に笑われてしまった。そりゃな、俺たちは工房を構えたのだし、稼ぐために動いていかなければ。王女殿下の依頼を遂行したからといって慢心していたら、すぐにお金は飛んでいってしまう。

俺たちは最後にラナたちの畑を今後どう扱っていくかの話をライヒナー候と詰め、領主の館を後にした。

「いい領主様でしたね」

「ああ、ライヒナー候でなければ、とっくの昔にこの街は荒廃していただろうな。ああいう領主様が居ると分かったお陰で、俺たちもお力添えをする気になれる」

災害を機に、己の生活水準を落としたくないがために重税を課す領主だって居るだろう。港の復旧に向けてライヒナー候も税率を上げざるを得なかったようだけど、きちんと皆の前に現れてお願いに回ったんだそうだ。今回の国王陛下のご支援で元に戻せると安堵していた。

「さて、商工ギルドへ向かうか。ラナたちの件を片付けないといけないからな」

「そうですね」

俺たちはライヒナー候から商工ギルドに向けた手紙を預かっている。港についての諸々と、ラナたちの持つ畑についての処遇が書かれている。このままでは火種でしかないから、領主様が介入してくれるのはありがたいことだ。

ラナたちの畑の件を商工ギルドにも相談し、彼女たちの作る野菜は作れる種類や日を制限することになった。

また価格も商工ギルドから年に決まった額を支払うようにしたことで、それほど他の農家と不公平にならないように努力した。結構な金額ではあるのだけれども、生み出された野菜によって莫大な利益が出るので、商工ギルドにとっては十分な利があったために問題無く話は進んだ。

そして俺とレーネも商工ギルドから依頼を受けて、ここ二週間魔石と薬作りに励んでいる。あまり日の光を浴びていないので身体からキノコが生えそうだ。一日に一回は外で少しばかりの鍛錬もしているが、やはりそれだけでは鈍《なま》ってしまう。

レーネも何やら不思議な道具を使って珍しく戦闘訓練をしている様子だった。手元で指を引くと破裂音と共に遠くの対象を撃ち抜く錬金銃という道具で、昔鍛冶師と力を合わせて作ってみたものの、殺傷能力が高すぎるという恐ろしい理由で仕舞っていたらしい。興味本位で機構を尋ねたら含みのある顔で「秘密です」と言われた。残念だ。

「えーと……〈水準《すいじゅん》の魔石〉はこんなもんか。あとは〈豪腕《ごうわん》の魔石〉……っと」

〈水準の魔石〉は持ち主の平衡感覚を保つ効果を持つ魔石だ。馬車や船に乗っている間も酔いに苦しまないという、地味ではあるものの素晴らしい効果がある。こちらは船の乗客向けで、〈豪腕の魔石〉は船乗り向けだ。

レーネもレーネで、船酔いに効く薬の他に土壌改良薬を大量生産している。船酔いの薬は言わずもがな船の乗客向けで、肥料は〈ペウレの魔石〉が無くても畑には有効だから農家向けに、という理由である。

「リュージさん、そろそろ塩が足りないので、塩水と燃料を採取したいのですが……」

おっと、そろそろ採りに行かないと駄目か。しょんぼりと耳を下げたエルフがやって来た。

「そんな申し訳なさそうにしなくてもいいんだが。俺だって材料は必要なんだし」

「いえ、必要になる数の割合が違いますし、どうしても……」

まあ一工程だけで材料が必要な付与術と、全工程で材料が必要な錬金術とで比べると、どうしてもな。

「まあまあ、どっちみち採りに行くか行かないかの話なんだから気にするなって。今日はミノリたちも高等級向けの依頼が無かったから家に居るし、一緒に行けるか頼んでみよう」

うちの妹たちは、ラナたちと他の農家たちとの問題が片付いたため、最近はザルツシュタットの冒険者ギルドで依頼をこなしている。

と言っても何でもかんでも受けているわけではなく、高等級向け以外の依頼は無視している。でないと低等級の冒険者が育たないからである。

それに時々第六等冒険者パーティーなどを手伝っているそうで、うちの義妹たちも人を導く立場になったかと少し嬉しくも寂しい気持ちになっているのは秘密だ。

「採取？　うん、いいよ。スズもいい？」

「ん。魔術師も身体動かさないと、鈍る」

ミノリの部屋で二人仲良く背中を合わせて本を読んでいた姉妹が、顔だけこちらに向けて答えた。スズはともかくとして、剣士のミノリも読書家なのだ。

採取への同行は快諾してもらえたし、それじゃ行くとするか。


「……おかしい」

塩水湖からの帰り道、森を抜けそろそろ我が家へと辿り着く頃、その違和感はやって来た。

「確かに、おかしいですね……」

そう言ったレーネだけでなく、ミノリとスズも違和感を覚えているようだ。油断なく辺りを窺っている。

違和感の正体は掴めないが、何となく胸の奥がざわつくのだ。そしてそれは俺だけでなくレーネたちも同様らしいので、気のせいなどではないんだろう。

「まさか、また熊が？」

「いや……、何と言うか、そういった類の違和感じゃないな。これは――」

そこまで話したものの、上手い言い回しが見つからず砂を噛むような気持ちになる。

「ん。こういう時は、早く帰った方がいい。危険はさっさと抜けるが吉」

スズも珍しく不安そうな表情を浮かべている。人一倍こういったものに敏感な末妹が言うのならば従わない理由は無い。

「だな。ミノリ、頑張って急ぐぞ」

「うん、分かった！」

俺と一緒に荷車を引いているミノリが頷き、二人であと少しの帰路を急ぐことにしたのだった。


「……なんだ、これは」

俺は精々、目の前の光景にそんな言葉しか絞り出せなかった。

畑で働いていた人たちが全員畑に座り込み、項垂れている。皆、揃って何かに絶望したような表情を浮かべている。

それだけではない。畑と魔石を守っていたゴーレム二体が砕け散り、畑の上へと無惨に散乱していた。嘘だろ？　マッドゴーレムとはいえ俺が付与術で強化してたのに、アレを破壊したっていうのか？　いったい誰が？

「リュージさん……」

「……あぁ」

レーネの呼び掛けで我に返る。誰が襲撃したのかなど考えることは色々あれど、今は皆が無事かどうかを調べねば。

俺たちは急ぎ畑の方へ向かい、何が起こったのか話を聞くことにしたのだった。

すると——


幸いにも怪我人は居なかった。畑が大事とはいえ、襲撃してきたという三人の冒険者に農民が勝てる道理も無く、ただゴーレムが壊されるところを見ているとしかできなかったらしい。

だが、被害はそれだけではなかった。

「本当ですか⁉」

「ああ、本当だ。あの三人の冒険者が、ラナちゃんとレナちゃんを攫《さら》って行ったんだ。俺たちは何もできなかった、すまない……」

皆に話を聞いて判明した事実。それはここの畑の主であるダークエルフとエルフの姉妹が誘拐されてしまったということだった。

「まさか、ラナたちに恨みを持つ農家が雇ったのか……？」

そんな可能性に行き着いたものの、あのゴーレムを斃せるほどの冒険者がザルツシュタットに居るとは思えない。居るとしたら今俺の目の前にいる義妹たちだけだ。

「リュージさん、これを。貴方に渡せと言われました」

考え込んでいた俺に、一人の男性が手紙を差し出してきた。宛名は俺になっているものの、差出人の名前が無い。

だが、この筆跡には見覚えがある。

いつも、魔石を貸与する念書を書かせた時に見ていた、あの字だ。


ショックを受けていた皆を家に送り届け、ようやく自宅へと戻った時には夕方になっていた。

「実は畑に居た一人から、この手紙を預かっている」

俺は工房に集まった三人に、差出人の名前が無い手紙を見せた。俺がさっき中身を確認したため、既に封は開けてある。

受け取ったミノリが中の便箋を取り出し、内容を確認する。そこには短く、「五日後の夕方、オルト村まで来い」とだけ書かれていた。

「これって……」

「差出人の筆跡には覚えがある」

困惑している三人にそう告げると、全員の顔色が青ざめた。理解が早くて助かる。

「筆跡に覚えがあるって、まさか……」

「お前の想像通りだ、ミノリ」

唾を飲み込み、喉から震える声を出したミノリに、俺は静かに答える。後ろのスズもトラウマを呼び起こされたのか、顔面蒼白だ。

俺に恨みを持っており、この筆跡の持ち主。

アイツはどういうワケか、俺がザルツシュタットに居ることを嗅ぎつけてきたのだ。

「ラナたちを誘拐したのは、ガイだ」

「…………」

絶句してしまう三人。それぞれがアイツらに因縁を持っているのだし無理も無いが。

「アイツがどうやって俺たちの居所を嗅ぎつけたのか分からんが、ラナたちが攫われて黙っているワケにはいかない」

俺は静かにそう告げた後、怒りのあまり拳を握り締めた。

今度は、この間食らわせた蹴り以上の灸《きゅう》を据えて、二度とこんなことが出来ないようにしてやらねば。


ガイに指定された五日後の、夕方。

俺たち四人は、ザルツシュタットからほど近くの、既に廃村と化しているオルト村跡へとやって来た。

「来たか」

予想通り、ガイとマリエ、ショーンの三人がそこに居た。そしてマリエの前には手を縛られたラナたちが立たされている。何故かマリエの左頬が腫れているが、仲間割れでもあったのだろうか。

ガイがいつものプレートアーマーではなく、ローブを身に纏っているのが気になるが――まあ、ただの取引に重装備も必要無いのだろうと、すぐにそこから意識を戻す。

「……やっぱりガイだったか」

俺は誘拐の主犯へそれだけ応えると、ラナたちの方へと視線を向けた。

「ラナ、レナ、無事か？　酷いことはされなかったか？」

「リュ、リュージさあん……」

「うー……」

姉妹は目に涙を溜め、俺に助けを求めるように声を詰まらせていた。俺たちの事情で怖い思いをさせてしまったことに胸が痛くなる。

「ふん、多少痛めつけてお前を逆上させてやろうかと思ったんだがな、マリエのヤツが邪魔しやがったんだよ」

「当たり前でしょ⁉　こんな小さい子供相手にそんなことするなんて、黙って見てられないわよ！」

つまらなそうに言い放つガイを、マリエが睨み付けながら吠えた。どうやら腐っても神官の彼女には一抹の良心が残っていたため、姉妹を守ってくれたらしい。頬が腫れているのはそれが理由だったたか。

ガイはそんなマリエを溜息交じりに睥睨してから、俺に視線を戻し、諸手を広げてかぶりを振った。

「まあ、こんな調子だ。まったく、マリエもショーンも、今回は手伝う気が無いみたいで使えねぇ」

「お、おいらは、その……」

ガイの忠実な子分であるショーンも、さすがに露骨な犯罪行為へと手を貸すつもりは無かったようだ。まあ、演技という可能性も捨てきれないため警戒を緩めるつもりは無いが。

「それで？　ガイは何が目的だ。身代金か？」

いったん姉妹の無事が確認できたため、俺は取引へ話を進めることにした。卑怯な手段に訴えたガイに俺の腸《はらわた》が煮えたぎっているものの、人質を取られているので淡々とそう問い掛ける。

ところが、何故かヤツはその質問がツボに嵌まったように腹を抱えながら、気持ち悪い含み笑いを始めた。

「クッ、ククク……」

「……なんだ？」

妙な反応に、思わず眉を顰めてしまう。気が触れでもしたのだろうか？　コイツはマリエに金貨五百枚の借金がある。てっきり首が回らなくなったために誘拐という手段に訴えたのだと思ったのだが――

「金か、そうか、金か！　俺はマリエに借金があったんだよな！　すっかり忘れてたぜ！」

「……なに？」

まるでその手段に初めて気が付いたように、ガイは笑いながら掌でバンバンと自分の腿を叩いていた。「忘れるんじゃないわよ！」と債権者のマリエが突っ込んでいるが、まあそれはともかくとして――

「金じゃないなら、何故その子たちを誘拐したんだ？　お前の目的が分からない」

「あァ、それはな――」

俺が投げ掛けたごく当たり前の質問に、ガイがようやく哄笑を収める。

だが、次の瞬間。

一瞬で目の前へ肉薄したガイから強烈な体当たりを受けた俺の身体は、真後ろへと吹き飛んでいた。

「きゃあっ⁉」

俺のちょうど真後ろに居たレーネを巻き込んでしまい、彼女が悲鳴をあげた。二人でもつれ合い倒れ込んでしまう。

「いっ……てぇ。レーネ、大丈夫か？」

「は、はい……」

筋肉質で重量のある俺の身体が宙に浮くほどの衝撃だったが、幸いにも頭を打ったりはしなかったようで彼女はすぐに起き上がった。その様子に安堵して、再びガイの方へと向き直る。

が、そこには信じられない光景が広がっていた。

「う、ぐぐっ……」

「うぅ……」

前方から二人分の呻き声。それは聞き慣れた義妹たちのもので——

「……ミノリ！　スズ！」

「はっはっはっは！　いいなあ気持ちいいなあ、力ってのはよ！」

見れば、ガイが右手にミノリ、左手にスズの首を掴み、軽々と持ち上げている。二人は掴まれた手を剥がそうと暴れているが、ビクともしない。嘘だろ、スズはともかく、ミノリは的確に急所へ蹴りを入れているぞ？

「ガイ、お前、付与術師が不要とか言いながら、また魔石を使っているのか？」

俺は自分の方へと注意を向けるため挑発交じりにそう問い掛けたが、ガイは一瞬こちらに視線を向けただけで、再び義妹たちの――いや、ミノリの顔を愉快そうに眺めていた。

「どうだ、ミノリ？　気持ちいいか？　俺はずっとこうしてやりたかったんだよ。散々俺を虚仮にしてたお前が、俺の力で為すがままになっちまうことをなァ!?　これを見せるためにお前らをおびき寄せたんだよォ！」

……どうやら、ガイの奴は腹の中にそんな嗜虐的な趣味を秘めていたらしい。コイツらしいと言えばコイツらしいが。ラナたちを人質に取ったのも、俺たちに力を誇示したいがためだったのか。

しかし手をこまねいているワケにもいかない。二人を盾にされる可能性もあるので魔術で攻撃することを諦め、俺は杖を捨て徒手空拳になると一瞬でガイの懐に飛び込んだ。

「ふっ！」

鳩尾に拳を見舞った。ガイは鎧を着込んでいないために確かな肉の手応えが拳に伝わる。

しかし――

「なっ……!?」

「はっ！　そんなものが効くかよ！」

〈フューレルの魔石〉の加護を受けた急所への渾身《こんしん》の一撃は、ガイの右足を一歩下げるだけに留まっており、ヤツは俺を見下ろしせせら笑っているだけだった。

一瞬、呆然としてしまった俺だったが、ヤツのローブの下で剥き出しになっている胸に異物を捉えた自分の瞳が、驚愕に見開かれる。

そこには、最近見慣れた――合成魔核が埋め込まれていたのだ。

「お前……自分を合成獣《キメラ》化したのか!?」

「ご名答だ……よぉっ！」

両手に義妹たちを掲げたままに繰り出されたガイの蹴りがマトモに俺の胸を叩き、再び俺は吹き飛ぶことになった。咄嗟に受け身を取って頭を守ったが、胸に激しい痛みを覚えていた。これは、肋骨が一本やられたかも知れない。

「ぐっ……」

「はっはっは！　いい気味だなリュージよぉ！　俺に力で圧倒される気分はどうだァ!?」

胸の痛みに呻きながら膝をついている俺に向かって、ガイは高笑いをあげていた。まさか、自分が人間をやめることを選択するとは――

「馬鹿だ馬鹿だと常日頃から思っていたが、ここまで馬鹿だったか……」

痛みを堪《こら》えながら膝を上げつつ、そんなことを呟く。人間やエルフなどを合成獣化する非人道的な実験の話は稀に聞くが、自分の意思を保っているケースはあまり聞かない。普通は理性を失った獣になってしまうらしいのだが、目の前に居るガイはどうやら成功例のようだ。

だが、このままでは義妹たちが死んでしまう。何かこの状況を打開する手段を――

そんな風に考えを巡らせていた時だった。

二つの乾いた破裂音が鳴り響き、ガイの両肘が目に見えない衝撃を受けたように大きく震えたのだ。

「がァッ⁉」

悲鳴をあげたガイが、義妹たちを取り落としていた。いったい何が――

「……ふぅっ」

背後から小さく息を吐く音が聞こえたため振り返ると、レーネが両手にそれぞれ錬金銃を持ち、その先端をガイの方へと向けているのが見えた。彼女がガイの両腕を撃ち抜いてくれたのか。

「げほっ！　げほっ！　ス、スズ、無事……？」

「……死んだかも」

「生きてるね……よかった」

ミノリは咳き込んでいたものの、すぐにスズの無事を確認していた。二人とも軽口を叩ける元気はあるようで、俺も安堵する。

「おいテメェ！　何しやがった！」

ガイは撃ち抜かれた両手をだらんと下げていたが、数秒で再生したのかその腕を振って状態を確かめながらレーネを睨め付けた。マズい、今度は彼女が標的になっている。

身体を低くして、俺はガイの足に向けてタックルを仕掛けた。肉体が頑強になっているものの衝撃にはそれほど強くないようでバランスを崩し尻餅《しりもち》をつく。その顎に向け、渾身の力で爪先を跳ね上げた。

「ぐぶっ⁉」

潰れたカエルのような声をあげ、ガイの身体が宙に浮き、そしてゴロゴロと後ろに転がった。少しはダメージを与えられただろうか？

しかしその考えは甘かったようで、一瞬で起き上がったガイはその瞳に激しい炎を宿し、俺の顔を射貫くように睨み付けたのだった。

「そうかそうか……、そんなに死にてぇかリュージ。お望み通りにしてやるよ……」

「いや、俺は義妹たちが嫁に行くまでは死ぬつもりは無い」

実に温度差のある会話をしながら、俺とガイは五メートルほどの間隔を空けて睨み合っていた。まあ、余裕を見せているとはいえ俺は肋骨にダメージを受けており、ヤツは合成獣化したお陰でマトモにダメージが通らない状況だ。はっきり言って言葉通りに殺される可能性が高い。

頼みの綱はレーネの錬金銃なのだが、アレは連発できないと聞いているし何よりもう警戒されてしまっている。彼女を護りながら戦う余裕も無い。

「……あ？　な、なんだ、コレ」

そんな時だった。

ガイが突然胸を押さえて苦しみだしたのだ。いや、それだけではない、その押さえた胸――合成魔核から煙が上がり始めている。

「ぐっ、ぉぉぉぉ⁉」

「……まさか」

俺は頭の中で一つの分かりやすい可能性に至り、頬に汗が伝うのを感じていた。

「ん。たぶん、そのまさか」

「……こうなるんじゃないかって、あたしも思ってた」

いつの間にか復活して俺の側に来ていたスズとミノリが、そんな言葉を挟んだ。義妹たちも同じ可能性を考えていたらしい。

そうだ。合成獣化は成功なんてしていなかったのだ。たまたま素体と理性が残っていただけで、着実にガイの肉体と精神を蝕《むしば》んでいたのだろう。

「……マリエ！　ラナたちを逃がせ！　ここは危ない！」

これからここは間違いなく戦場になる。一般人の、それも子供のラナたちを巻き込むワケにはいかないと思い、俺はマリエに向かって叫んだ。

「もう逃がしたわ！」

おっと、状況が状況だけにマリエは人質を解放してくれたのか。彼女の方を見てみれば、確かに姉妹の姿が無い。賢明な判断に内心で感謝する。

ならば、存分に暴れて目の前の獣を片付けるだけなのだが――

「あ、あァ……？　マリエ、何してンだヨ……？　裏切ってンじゃねぇヨ……」

一握りの残った理性を宿したガイの瞳が、マリエを射貫く。マリエとショーンが「ひっ⁉」と悲鳴をあげて後ずさった。

ガイはそんな二人へとおぼつかない足取りで近付いていく。その速度は決して速いものではなかったが、マリエたちは仲間が魔物と化した現実に怯えて腰を抜かしていた。

今回の誘拐を止めなかった責任こそ有るものの、ラナたちを逃がしてくれた恩はある。俺は助けてやろうと一歩を踏み出した、が――

「え？　あっ、あああっ⁉」

「ぎゃあああ！　なんだ、なんだよこれっ⁉」

突如、マリエとショーンが先ほどのガイのように胸を押さえて苦しみだしたのだ。異常を感じた俺は踏み出した足を止めてしまう。

「たぶん、あの煙」

短くそう告げたのはスズである。末妹の言う通り、何やらガイの合成魔核から放出された煙が、マリエとショーンの二人へと触手のように絡みついている。

「……あれは、合成獣を産み出す際に魔核が放つ、猛毒ですね。あれに巻き込まれた複数の動物を合体させるのが、一般的な合成獣の造り方だと聞いたことがあります」

「……レーネ」

右手に杖、左手に錬金銃を持ったレーネが、苦しむ三人の姿を悲しそうな瞳で見つめながら教えてくれた。

「ガイはともかくとして、マリエとショーンを救う方法は？」

「魔核を壊すしかありません。ですが、今近付くとあの煙に巻き込まれます。……合成獣化が終わるまで、待ちましょう」

俺の質問に、レーネは何かを堪えるように肩を震わせ、そう答えたのだった。


やがて三人の苦悶に満ちた悲鳴が収まり、その場に漂っていた毒気の煙も晴れた後。

そこには身長二メートルはありそうな、人型の魔物が背中を丸めた状態で佇んでいた。はち切れんばかりの筋肉と鋭い牙や鉤爪が特徴的で、爛々《らんらん》と光るその紅い瞳からは既に理性など感じることはできない。

これが、人型の合成獣《キメラ》。その本当の姿なのか。

『………………』

獣はしばらく黙していたが、すぐに俺たちの方へと向き直った。まるで、その場で生きている何かが存在することを許さぬような、そんな強い執着が感じられる。

「……やるか」

「うん」

「ん」

「はい」

俺の言葉を合図として、ミノリが両手の魔剣を、スズが杖を、レーネが錬金銃を構える。

アイツらが助かる可能性を信じて、俺たちはその戦いを始めることにした。

「せいっ！」

ミノリが繰り出した剣を、合成獣は難なくその両腕で弾き返す。やはり簡単にはダメージを通さないが、それでいい。万が一斬り飛ばして再生しなかったら、魔核を壊して助け出せても命に関わるだろう。

「うわっとぉ!?」

振るわれた鉤爪に己の首を持っていかれそうになったミノリが、咄嗟に頭を下げて回避する。

こちらは手加減をしているというのに向こうは本気だ。もうちょっと空気を読んでほしい。

「偉大なる魔術の神よ、その力の片鱗を我が手に、あの哀れな異形を留める宿り木をください、〈宿り木の枝《ミスティルティン》〉」

スズの高等魔術が発動し、空から黒い槍が降り注ぐ。ただしそれは合成獣の息の根を止めるために繰り出されたものではなく、狙いは足元だ。

『グォッ』

魔力の槍に足を射貫かれた合成獣がバランスを崩し、攻撃の手を緩める。

そこへ、あらかじめ〈砕《クラッシュ》〉の付与を施した俺が飛び込んだ。

「はぁっ！」

胸の痛みに耐えながら、俺の頭の高さくらいにある魔核を狙って上段正拳突きを放つ。……が、あっさりと両腕でガードされてしまった。腕を砕くことはできたものの、すぐに再生するだろう。

でも、それでいい。俺の本当の狙いは腕を砕くことだったのだから。腕が垂れ下がってノーガードとなった合成獣の魔核をレーネが錬金銃で撃ち抜く、その手筈となっていた。

予想通りに鳴り響く、乾いた破裂音。

……が、それと同時に鈍い金属音も鳴り響いた。

「き、効かない⁉」

錬金銃による攻撃が正確に魔核へと命中したのだろうが、それを壊すに至る十分な攻撃力が無かったらしい。レーネの悲鳴に似た驚愕の声が背後から聞こえた。

「そう簡単にはいかないってワケか！　ミノリ！　スズ！　もういっちょ足止めを頼む！」

「分かったけど、これからどうするのリュージ兄！」

再び前衛での足止めをミノリに任せ、俺はすぐに合成獣から離れる。入れ違った義妹に焦った様子で問われたが、「考えがある」とだけ答えた。

『グォッ』

しかし合成獣は俺を危険と判断したのか簡単にはマークを外してくれず、小さく吠えてから追い掛けてきた。おっとマズい。このままだとレーネまで巻き込んでしまう。

俺は嵐のような鉤爪を躱しながら、冷静にその動きのパターンを読み――合成獣が右の鉤爪を大きく振るったところで、右手で手首を掴み、左手をヤツの肘に当てながら勢いを殺さぬままに投げ飛ばした。さほど力は籠めていないが、合成獣が勢いに負けて宙を舞う。

『ゴガッ⁉』

そのまま背中から叩き付けられた合成獣が悲鳴をあげた。再びちょっかいを出される前に、その場をミノリとスズに任せ、俺はレーネのもとへと駆けた。

「ごめんなさい、リュージさん。鉛製の弾丸では魔核を撃ち抜けないみたいです……」

「いや、仕方無いだろ。鉛製の銃弾しか無いんだろ？」

しょんぼりと耳を垂れるレーネだが、それしか持ってないのならば頼んだ俺の責任であり、レーネは悪くない。現時点で強化した俺の拳より強い一撃は、この錬金銃しか無いのだから。……いや、正確には一つだけ有るのだが、それは最後の手段だ。

錬金銃から標的へ放たれる物体――銃弾と呼ぶらしいが、鉛製にしている理由は比重が高い金属という理由だけではなく、標的に当たった後に体内で形を変える鉛ならば殺傷能力が高いため、という話はレーネ本人からこの前教えてもらっている。もっと頑丈な銅や鋼鉄で作ることもできるらしいが、どうしても高価になったり、加工が難しいのだそうな。

正直、鉛の銃弾で魔核を撃ち抜けない可能性も考えていた俺には、それほど驚きも無かった。別のプランはきちんと考えてあったからな。

「レーネ、もう一度錬金銃の準備を頼む」

「え、でも――」

不安そうに何か言い掛けたレーネだが、何か考えあってのことだと気が付いたらしい。言葉を飲み込んだ後、「分かりました」と真剣な表情で頷いた。

そう、鉛の銃弾では魔核を撃ち抜くに至る威力を持たない。

だったら、威力を上げればいいのだ。

「リュージさん、準備できました」

るのだろう。

錬金銃へと銃弾を籠めたレーネが、緊張した面持ちで告げた。失敗は許されないと思ってい

「分かった、こちらも準備はできている」

精神集中に努めていた俺は、レーネに向けて頷き返した。そして前もって話しておいた通り

に彼女の背後に回り、合成獣の方へと視線を向ける。

ミノリが合成獣の鉤爪を華麗に左手の〈ヤーダ〉《抗え》で捌きつつ、右手の〈ペイル〉《貫け》で牽制して

足止めを行っているが、スズのサポートも有るとはいえそろそろ疲れが見え始めている。急が
ねば。

「ミノリ！　スズ！　俺たちが魔核を狙うから、一分後にヤツの隙を作ってくれ！」

「分かった！」

ミノリは疲れているだろうに、魔剣を振るいながら俺の呼び掛けへと応えた。スズは応答が

無いものの、きちんと分かっているハズだし問題無いだろう。

俺は合成獣に向けて錬金銃を構えるレーネの両手に、後ろからそっと抱き締めるようにして

自分の手を添えた。俺と比べたら柔らかくて小さな手だ、そんなことを思ってしまった。

「リュージの名において、何をも貫く刃と化せ、〈鋭利〉《シャープネス》」

武器の攻撃力を増大させる一時付与術を施す。

対象は――錬金銃に籠められた、一発の銃弾だ。

「……私、最後にはマリエに酷いことされちゃいましたけど、でも、最初からあんな子ではなかったんです」

狙いを定めながら、レーネはそんなことをポツリと話しだした。

「最初二人で組んでいた時は、本当にお金が無くて。宿にも泊まれない時がありました。等級が上がってからはそんなこともなくなりましたけど」

「……ああ」

レーネは寂しそうにそう呟く。かつての仲間へ武器を向けていることに、色々と考えてしまうのだろう。

「そのせいか、いつしかマリエはお金に執着するようになりました。でも、だからといって、こんな化け物にされてしまうなんてあんまりじゃないですか」

「……俺だってそうだ。いくらガイが俺を追放したからと言って、こんな目に遭うことは本望じゃない」

ヤツには色々と酷い目に遭わされたが、だからと言ってかつての仲間が化け物へと変貌していることを、気持ちよくなんて思ったりはしない。

「だから——」

動いていた銃口は、ピタリと合成獣の胸の中心を向く。

「はい、助けてあげないと」

「ああ」

スズの魔術が雨あられと降り注ぎ合成獣がたたらを踏んだところで、ミノリが下から魔剣を大きく振り上げ、その腕を弾いた。

「今だ、レーネ」

俺の合図へ、レーネが言葉を返すことは無く。

その代わりに、錬金銃の引鉄を引いたのだった。


錬金銃より放たれた銃弾は魔力による軌道修正が為され、正確に合成獣の魔核を撃ち抜いた。

今度は金属音ではなく、石が砕けたような音が鳴り響く。

『グガァッ!?』

悲鳴をあげた合成獣は一瞬仰け反った後、苦しそうに胸を掻き毟《むし》り始めた。魔核を砕くには至らなかったようだが、ヤツを無力化することはできたようだ。

「リュージさん!」

「ああ、行ってくる」

俺はレーネの呼び掛けに後ろを振り返ることなく応えた後、苦しむ合成獣のもとへと歩き出した。

レーネの錬金銃を超えるほどの威力を誇る攻撃手段を右手に持ったまま、俺は合成獣の前に立った。相変わらず胸を掻き毟っている化け物は、俺の存在にすら気付いていないらしい。

なら好都合だ。隙だらけのそこへ虎の子の一撃を叩き込んでやろう。

俺は右手に持った魔石――〈砕《クラッシュ》〉よりも強力な肉体強化を授ける〈アンスバルの魔石〉に魔力を籠め、腰の魔石入れに仕舞った。

「う、ぐっ……」

全身の筋肉に信じられないような力がみなぎる。だがそれは元々身体がセーブしている力を解放しているワケで、血管が千切れそうな痛みに一瞬眩暈を覚え、くぐもった悲鳴をあげてしまう。

俺は痛みに耐えながら、すぅっと息を吸い込み目の前の標的――魔核を見つめ集中する。

両拳を軽く握り、肘を腰に引きつける。一度軽く膝を落とし、低い姿勢を取った。

あのストーンゴーレムとは違って標的が動き続けているが、俺の打撃が最も威力を増すその位置に来るまで、じっと堪える。体中が悲鳴をあげているが、耐える。

そして――


「……ここだ」

合成獣が苦痛に身体を丸め、魔核が俺の正面に降りたその瞬間に、風のような速さで左足を踏み込み、拳へと体重を乗せた。

「チェストォォォ！」

咆吼とともに繰り出された右拳が、合成魔核の中心を正確に穿《うが》つ。拳の先にはまるで金属を叩いたような感触があった。だが割れるのは俺の拳ではない。

強化された俺の身体から放たれた一撃は、先ほどの銃弾が作った傷へと伝播し――魔核は粉々に砕け散った。

『ア……ガ……』

心臓部分である合成魔核を砕かれた合成獣は悲鳴すらあげることなく、大きな音を立てて仰向けに斃れたのだった。

魔核を失った合成獣は再び煙を発し、それが晴れた場所には裸のガイ、マリエ、ショーンの三人が転がっていた。

明らかに一体だった合成獣が再び三人に戻るというのはどういう原理なのかとレーネに問いたいところだったが、あいにく俺も〈アンスバルの魔石〉が肉体に与えた反動でぶっ倒れていたためそんな元気は無い。全身の激痛に涙が出そう。

「……今回は、すまなかったわね」

ほどなくして起き上がったマリエが、レーネに向かってばつが悪そうに謝罪した。裸のままというワケにはいかないので、ミノリが彼女のマジックバッグを持ってきて替えの服を着てもらっている。まだ目覚めていないガイとショーンには、スズが無雑作に布だけ掛けておいた。

レーネはと言うと、目の端に涙を滲ませながらかぶりを振っていた。マリエが無事であったことに安堵しているのだろう。

「マリエ、一つ教えて。あの合成魔核はどこで手に入れたの？」

「ラウディンガーで、アンタたちに恨みがある男から渡されたのよ。ガイはリュージに復讐できるって狂喜乱舞だったけど、お尋ね者だったのかすぐにその男は衛兵に捕まっていたし、あたしたちはガイに棄てろって言ったんだけどね……」

……俺たちに恨みがある、お尋ね者？

「宰相かな」

「ん。だと思う」

ミノリとスズが、確信を持った様子で頷いている。俺もそう思う。

おそらく宰相は、看守に金を積むか何かして脱獄していたところで、ちょうど俺たちを探していたガイを見つけて接触し、合成魔核を渡したのだろう。

「ガイのヤツも大した執念だな……。その執念で真面目に働けばいいのに……あいったたた⁉︎」

身体を起こして話をしようとしたら、全身がバラバラになったような激痛に見舞われ悲鳴をあげてしまった。さっきレーネに診てもらったところ、あちこちが内出血を起こしていると言っていた。ちなみにガイにやられた時に折れた肋骨は二本だそうだ。

「リュージさん、まだ動いたら駄目ですよ！」

「うん、思い知った」

レーネに叱られたが、あまりの痛みにしばらく起きる気力を無くしてしまった。仕方無いので、倒れたまま話を続けることにしよう。

「コイツが真面目に働くワケないでしょ？」

「まあ、その通りなんだが、また狙われでもしたらたまったもんじゃないからな。心を入れ替えるいい方法なんて無いか、聖職者のマリエよ」

「馬鹿は死んでも直らない、って言葉知ってる？」

ジト目のマリエから聖職者らしからぬ回答が返ってきた。そこは説教で改心させてくれよ、おい。

「……まあ、でもさすがに今回みたいな犯罪行為を放っておくワケにもいかないからね。二度とアンタたちに手を出さないよう、何とかするわ」

マリエは今回止められなかった責任を感じているようで、大きな溜息を吐きながらそう約束してくれた。たぶん債権者の立ち場を行使して、魔術的な契約で縛ったりするのだろう。そうなればいくら暴君のガイだろうが、金貨五百枚の借金を返さない限り彼女に従わざるを得なくなる。第六等冒険者にとっては法外な借金だし、十年くらいは安心できるだろうか。

そう、俺たちはようやく、過去の呪縛から逃れられるのだ。


その後ショーンが目覚め、マリエはすぐにガイを連れてこの場を立ち去るために準備を始めた。

ちなみにガイはまだ起きていないが、服を着せられ後ろ手に縛られている。まるで犯罪人だ。いや実際に犯罪と言ってもいいようなことをしでかしたのだが。

「……マリエ、元気でね」

レーネは、出発するマリエに向けて寂しそうに別れの言葉を告げた。一度は裏切られたものの、この二人が和解できたことは素直に喜ばしいことだと思う。

「レーネもね。アンタ世間知らずなんだし、相棒に迷惑かけるんじゃないわよ」

「か、かけないよ……、たぶん」

マリエの余計な一言を、レーネが慌てた様子で否定する。さすがに長年コンビを組んでいただけあってよく分かっているな。そう、世間知らずなんだよこのエルフ。

「あなたたちも、ごめんなさい。巻き込んじゃったわね」

そう言って、マリエはミノリが連れている姉妹――ラナとレナの前でしゃがみ込んで目線を合わせた。レーネの言っている通り、本当は神官らしい優しさを持ち合わせているのだろう。

「いえ……。私と妹が叩かれそうになった時に守ってくれて、ありがとうございました」

「ありがとー」

ラナとレナは怯えるどころか、マリエに対して感謝の言葉を返した。そう言えばガイから身を挺して庇ってくれたんだったな。

その返事に満足そうな表情を浮かべて二人の頭を撫でたマリエは、次に俺の方へと向き直った。

「リュージ」

「なんだ？」

どこか神妙な顔のマリエから唐突に名前を呼ばれ、返事をする。ちなみに俺は相変わらず地面に転がったままである。こんな状態ですまん。

「世間知らずなエルフだからって、すぐに手を出すんじゃないわよ？　そういうのはきちんと段階を踏みなさい？」

「…………」

何か大きな勘違いをしているマリエに対し、俺は何も言えず黙ってしまった。

ちらりとレーネの方へ視線を動かすと——やっぱりと言うか何と言うか、耳まで真っ赤になったエルフが、口をパクパクと開け閉めしていた。

意地の悪い笑みを浮かべていたマリエは、その様子を見て盛大に噴き出したのだった。


マリエとショーンがガイを引きずり立ち去った後。

ようやく痛みがマシになってきたものの、まだ立ち上がれない俺は一つの困難に立ち向かっていた。

「なあ、レーネ」

「はい？」

「後どのくらいで、俺は歩けるようになるだろうか」

レーネの薬は素晴らしい効果を持っているが、さすがに全身の筋肉がズタズタなので回復に時間が掛かっている。

とはいえ、ちょっとした問題を抱え困っていた俺は、そんなことを聞いたワケである。

「ええと……そればっかりは、お医者様ではないのでわかりません」

申し訳なさそうに縮こまって答えるレーネ。まあ、そうだよな。

「……ただ、早く治せる薬があれば、副作用があっても構わないから使ってほしい」

「どして？」

レーネの代わりに、不思議そうな表情で疑問の声をあげたのはミノリである。どことなく俺が焦っている様子を感じ取っていたのだろう。

「ちょっとな……。早めに復活できないと、大変なことになる」

真剣な表情で、俺は二人にそう告げた。

そう、このままでは大変なことになる。だから副作用などを恐れるつもりは無いのだ。

レーネとミノリは顔を見合わせ、揃って頭上に疑問符を浮かべている。いつも冷静を心がけている俺がこんなことを言うのは珍しいだろうしな。

「リュージ兄」

そんな中、俺の前にしゃがみ込んで呼び掛けてきたのはスズである。いつも通り表情に乏しいその顔に、何か確信めいたものが見られるのは気のせいでは無いのだろう。

「トイレ、行きたいの？」

「………………」

シンプルなその質問に、俺は義兄の威厳などかなぐり捨て、無言で頷いてみせたのだった。

エピローグ　祭りの後はビジネスの話を

ガイとの戦いから二ヶ月後。

夏も終わりに近付いたこの時期、ザルツシュタットでは盛大な祭りが行われていた。

「リュージ兄！　イカ！　イカ焼き食べたい！」

「はいはい」

十六歳になったというのにまだまだ子供だなと思いながら、イカ焼きや焼き魚の群れに向かって腕を引っ張るミノリに苦笑する。

「思ったよりも早く港が復旧して良かったですよね」

「全くだ」

イカ焼きを頬張るミノリと、こちらはキビナゴを齧るスズの頭に手を載せると、二人とも気持ちよさそうな表情を浮かべた。冒険者としては立派になったが、まだまだ手の掛かる義妹たちだ。

レーネの言葉通り、ザルツシュタットの港は予定より十七日も早く復旧工事が終わり、こうして記念の祭りが行われているのである。祭りということで、商工ギルドの財布で焼いた魚介が食い放題なんだそうな。太っ腹だ。

「やあ、リュージ君にレーネさん、楽しんでいるようだね」

俺たちがのんびりベンチに座っていると、ライヒナー候がいらっしゃった。祭りが始まる前に挨拶をしているところも見ていたが、民に慕われている様子が窺えるような盛大な拍手を貰っていたのが印象的だった。

「ライヒナー候、お久しぶりです」

「こんにちは、お久しぶりです」

「こんにちは。それと……妹さんたちかな？　それともお二人の娘さんたち？」

「ちっ、違いますっ！」

「ははは、冗談冗談」

からかわれたレーネが久しぶりに真っ赤になっている。俺はともかくとしてレーネはエルフだから、この容姿でデカい子供が居てもおかしくないしな。

「むぐむぐ……んっ、領主様、初めまして。第二等冒険者の剣士、ミノリです！」

「同じく第二等冒険者の魔術師、スズです」

二人はキリのいいところで俺にイカ焼きとキビナゴの皿を渡し、立ち上がってライヒナー候に頭を下げた。ただ二人とも口の周りが汚れているので、ライヒナー候が笑いを堪えているのが分かる。

「んんっ、お二人とも、初めまして。ヴァルター・フォン・ライヒナーだ。よろしくね。それにしても、その歳で第二等冒険者なのか、凄いね」

「ありがとうございます！　師匠と兄に恵まれました！」

「兄は関係無いだろ兄は」

ミノリのヨイショに突っ込みを入れておく。不必要なまでに持ち上げるのはやめていただきたい。生きづらくなってしまうじゃないか。

「そうなのかい。確かつい二ヶ月前までは第六等までしか居なかったと聞いたし、君たちに依頼が集中してないか心配だね。こうして高等級の冒険者も続々と集まってくれると嬉しいんだけどね」

「既に第四等までなら、転入してきた人、居ます」

ライヒナー候は知らなかったようなので、スズが苦手な敬語をたどたどしく使いながら教えてあげた。先日、この街の将来性に魅力を感じた第四等の冒険者パーティーがまとめて転入してきたんだそうな。

それを聞いたライヒナー候は、喜びの表情をあらわに「それは嬉しいね！」と手を叩いた。

冒険者とはいえ、領民が入ってきてくれるのは領主にとって何よりも嬉しいことなのだろう。

「ああ、そう言えば」

何やらぽん、と手を叩いたライヒナー候が、顔をこちらに近づける。なんだなんだ。

「祭りが終わったら私の館へ来るといい。面白いものが見られるよ？」

「……は？　祭りの後に領主様の館に、ですか……？」

愉快そうにライヒナー候が笑っているが、俺と言えば一体全体何が待っているのか分からずに目を瞬かせる。

俺たちは含みを持たせたまま去って行ったライヒナー候を見送り、顔を見合わせていた。


さて、祭りが終わり、夕方。俺たちはライヒナー候の言葉に従い領主の館へやって来た。

俺たちが来ることは事前に聞いていたようで、門番は通してくれた。一度ここへ伺っているので顔も覚えていてくれたらしい。まあ、覚えていたのは珍しいエルフの方かもしれんが。

「いったい何だろうねぇ」

「何だろうな。あの口ぶりからするに悪いことじゃないと思うが」

応接室で出されたお茶を飲みながらのミノリの言葉へ、分からない俺も適当に返すしかなかった。

そもそも、何故に祭りのこの日にそんな面白いこととやらが起こるのか？　それが分からないのだが。

「失礼しますね」

と、女性の声と共に応接室のドアがノックされた。

いや、ちょっと待て。今の声は——

「……王女殿下」

「ツェツィって呼んで？」

「……ツェツィ様」

ドアが開けられ、よく知る騎士様を伴い入ってきたその人は、にっこりと笑いながら俺のよそよそしい呼び方を訂正した。いや、何度目だこのやり取り。

「お久しぶりですね。二ヶ月ぶりでしょうか？」

「そうですね……、ご無沙汰しております」

ツェツィ様の御言葉にしみじみとそう応える。こうしてご尊顔を拝見するのは、あの登城以来のことだ。あの時も大変だったよな、一度牢にぶち込まれてるし。

ちなみに今、ライヒナー侯は席を外している。この辺の空気が読める辺り、できる侯爵である。

「それにしても、何故ツェツィ様はザルツシュタットへ？」

「え？　祭りがあると聞いたので、お忍びで参加をしに来たのですが？」

当然ですわ、みたいな言い方をされたので、思わずディートリヒさんの方を見る。諦めたようにかぶりを振っていた。この人もホントに大変だな……。

「まあ、祭りもありますが、港の視察も兼ねております。国から支援をしたのですから、一応確認をしておかねばなりませんからね」

「なるほど、そういうことにしておきます」

「本当ですっ！」

からかってみたら、頬を膨らませてツェツィ様が抗議した。可愛い。ディートリヒさんも噴き出している。

「……しかし、噂通り、ザルツシュタットでは当たり前に野菜が流通していますね。皆さん健康的でよいことですわ。ラナちゃんたちの畑のお陰でしょう？」

「……ええ、まあ」

どこか期待の籠もったツェツィ様の瞳に、俺は微妙な反応をしてしまった。要はこの王女殿下、俺たちが畑に何かしていると勘付いているのである。

もっとも、ツェツィ様は魔術の使い手なので、もしかしたら埋めた〈ペウレの魔石〉の存在についてもバレているかもしれないが。

「先に申し上げておきますが、ツェツィ様。俺たちにはラナたちと同じ畑は作れませんよ？」

「まあ、そうなのですね。残念ですわ」

あまり残念そうには見えない。この答えは予想していたんだろうな。

だが、アレなら言ってみてもいいだろう。

「ただ、畑の質を向上させる薬ならレーネが作れます。現にザルツシュタットでは使っておりますので。なあレーネ？」

「え、えぇっ!?」

突然振られて、耳をぴん、と立てるエルフが居た。俺の方を向いた顔に「今その話をするなんて聞いてない！」と書いてある。

「あら、でもレーネさんがお一人で王国全土の畑のお薬を作るなど、無理ですわよね？」

「そこは考えがあります。レーネ、土壌改良薬のレシピと運用方法を国に売るって話をしてたよな？」

「そ、それは……確かにそんな相談はしてましたけどぉ……」

焦った様子で視線を彷徨《さまよ》わせながら言葉を濁していたレーネだったが、一瞬俺に向けた視線に「謀りましたね！」という訴えが混じっていたように見えた。

ツェツィ様のご明察通り、いくらレーネが天才錬金術師とはいえ、作れる薬の数には限界がある。

だから質ではなく量が必要な土壌改良薬については、他の錬金術師に任せてしまおう、という話になったのだ。

ただ、レシピを売るという経験が無かったレーネは難色を示していたので、いい機会だしここで話を進めてしまおうと思ったワケである。

「そうですね、そのレシピと運用方法をお譲りいただければ、我が国の農業改革となりましょう。ぜひ詳しいお話を伺いたいですわ」

「は、はい……」

観念したレーネが、耳をしょんぼりと垂れていた。


領主の館を後にした俺たちは、とっぷりと暮れた夜道を四人で歩いていた。

「もう！　リュージさん！　いきなり土壌改良薬のお話を振らないでくださいよ！」

レーネさんはおかんむりである。まあ分からんでもないが、あのままずるずると売らないままだったら、いつか他の錬金術師が薬のレシピに辿り着いてしまうかもしれなかったし、この内向的なエルフにはもうちょっと積極的になってもらわないと。

「まあまあ、レーネ。〈アルテナ〉は今後他の仕事も受けていかなきゃなんでしょ？　同じお薬ばっかり作ってたらレーネが過労死しちゃうよ？」

「それは……そうなんだけどぉ……」

ミノリに諭され、レーネの声が窄んでいく。

そう、俺とレーネは正式に工房で依頼を請け負うために、商工ギルドに〈アルテナ〉の開業届を出したのだ。

とはいえ、依頼が来ないと仕事が無いというのは変わらない。店を出して魔石や薬を並べてもいいのだが、いかんせん工房の場所が悪いことと大量生産できないことが理由でやめておいた。まあ雑貨屋に卸すくらいなら検討してもとは思うが、そうすると定期的に決まった量を納品しないといけないとか……まあ色々とある。

「ベルン鉱山は再開坑されて魔石の流通も問題無いし、ミノリたちが暇な時は一緒に材料も採りに行ける……が、仕事は無い。ま、しばらくは研究だな」

「リュージ兄、仕事が無いのに嬉しそう」

「まあな、俺たち職人は好きな物を作れる時が一番幸せだからな」

こちらもどことなく嬉しそうに俺を見上げたスズへ、親指を立ててみせる。金は入らないが、まだまだ王女殿下のご依頼で頂いた分と、商工ギルドからの依頼分が十分に残っている。数ヶ月生活するには十分すぎるし、その間に仕事が来れば万々歳だ。

俺たちがかつて組んでいたパーティーとは別々の道を歩むことになったが、俺たちは俺たちで、このザルツシュタットで生きていこう。

「まずは何をおいても仕事だが……工房の看板でも作るか？」

「はいはい！　あたしが絵を描くね！」

「ミノリ姉の絵、邪神召喚しそうだから駄目」

「どういう絵なのスズちゃん⁉」

わいのわいのと騒ぎながら。

過去と決別し今を楽しく生きる俺たちは、我が家への道を歩いて行ったのだった。

あとがき

はじめましての方は、はじめまして。

そうでない方も、はじめましてと言わせてください。

作者の水無月です。


紙媒体か電子媒体かは分かりかねますが、本書をお読みくださり誠にありがとうございます。

今回はグラストＮＯＶＥＬＳ様よりお声掛けをいただき、こうして自作では初の書籍化を果たすことが叶いました。

書籍化に値すると評価をいただけましたことも嬉しく思いますが、ウェブ上で公開していた原作を応援してくださった皆様方、支えていただきました皆様方に多大な感謝を申し上げたく存じます。


さて、ネタバレにならない程度で簡単に作品の要素について触れたいと思います。

今回登場している付与術師の〈魔石〉についてですが、単純に魔力などを籠めるだけでは職人と言えないため、ならば宝石みたいにカッティングの技術が必要だという設定にしました。

まあそうなると、作者である私もカッティングについて調べることになるわけでして。お恥ずかしながら宝石の製造工程が何段階にも分かれていることを初めて知りました。
ついでに鉱石や宝石の本も購入し、どのようなタイプの鉱石、宝石が存在し割れ方はどうなるだの硬度や研磨の方法だのを知る良い切っ掛けになっています。……創作ってこうやって調べ物をしている時が一番面白いかもしれません。
そのうち石をメインに据えた作品を他にも書けたらいいですね。

最後になりますが、本作は書籍化にあたり、ウェブ上に投稿していたものから大幅にストーリーが変わっているため、もしかしたら原作をお読みいただいている方は驚いていらっしゃるかもしれません。
ですが、より良く、お子様から大人まで読める作品を目指してストーリーを変更したつもりですので、もしお楽しみをいただけたとしたら幸いでございます。

それでは、またどこかでお目にかかれるのを楽しみにしております。

水《み》無《な》月《づき》

おはらい箱の天才付与術師は、辺境で悠々自適に暮らしたい
~工房を開いて自由に生きたいのに、なぜか頼られてます~

2023年4月28日　初版第1刷発行

著　者　水無月

発行人　菊地修一

編集協力　若狭泉

編　集　増田紗菜

発行所　スターツ出版株式会社

〒104-0031　東京都中央区京橋1-3-1　八重洲口大栄ビル7F
☎出版マーケティンググループ　03-6202-0386
(ご注文等に関するお問い合わせ)

https://starts-pub.jp/

印刷所　大日本印刷株式会社

ISBN　978-4-8137-9229-1　C0093　Printed in Japan

[水無月先生へのファンレター宛先]
〒104-0031　東京都中央区京橋1-3-1　八重洲口大栄ビル7F
スターツ出版(株)　書籍編集部気付　水無月先生